Por primera vez, la determinación de Dan a escapar
comenzó a transformarse en terror.
«¡Me están secuestrando!»

EL CÓDIGO DEL EMPERADOR

THE 39 CLUES™

GORDON KORMAN

DESTINO INFANTIL Y JUVENIL, 2012
infoinfantilyjuvenil@planeta.es
www.planetadelibrosinfantilyjuvenil.com
www.planetadelibros.com
Editado por Editorial Planeta, S. A.

Título original: *The Emperor's Code*
© Scholastic Inc, 2010
© *The Emperor's Code,* Scholastic Inc. Todos los derechos reservados.
La serie THE 39 CLUES está publicada en acuerdo con Scholastic Inc.,
557 Broadway, Nueva York, NY 10012, EE. UU.
THE 39 CLUES y los logos que aparecen en ella son marca registrada de Scholastic, Inc.

© de la traducción: Zintia Costas Domínguez, 2011
© Editorial Planeta S. A., 2012
Avda. Diagonal, 662-664, 08034 Barcelona

Primera edición: junio de 2012
ISBN: 978-84-08-10874-0
Depósito legal: B. 15.382-2012
Impreso por Huertas Industrias Gráficas, S. A.
Impreso en España – Printed in Spain

El papel utilizado para la impresión de este libro es cien por cien libre de cloro
y está calificado como papel ecológico.

g e t n a m b s i z

A mamá, la Cahill en la sombra

G. K.

CAPÍTULO 1

Los estornudos comenzaron justo cuando el trasportín del gato se cruzó con la nariz del pasajero.

—¡Achús! ¡Achús! ¡Achús!

Paralizados en el pasillo del Boeing 777 de British Airways, Amy y Dan Cahill esperaron a que el espasmo finalizase. Sin embargo, eso no llegó a suceder. En realidad, los estornudos se volvieron más intensos y provocaron un estallido que sacudió de arriba abajo el cuerpo de aquel pobre hombre.

—¡No será para tanto! —exclamó Dan, impaciente.

Desde el interior del trasportín, *Saladin* miraba ansioso a su alrededor, desconcertado por el jaleo.

—¿Miau?

Nella Rossi, la niñera de los niños Cahill, iba detrás de ellos. Escuchaba a los Ramones a todo volumen por los auriculares y lo único que vio fue que el hombre se retorcía angustiado y con los ojos llenos de lágrimas.

—¡Ya os dije que el puesto de tacos servía chile habanero, picante puro! —gritó a pleno pulmón.

Su retumbante voz atrajo hasta su fila a la azafata, que habló en chino con el pasajero que estaba estornudando y después se dirigió a Amy y a Dan.

—Parece que el señor Lee es alérgico al pelo de gato. Vuestra mascota tendrá que viajar en la bodega.

—Pero en el vuelo de conexión con Madagascar nos dejaron llevarlo con nosotros —protestó Amy.

Para entonces Nella ya había apagado la música.

—¿No sería posible cambiar de sitio al señor Lee?

—Disculpen, pero el vuelo está completamente lleno.

Saladin no se fue en silencio. Los maullidos de indignación del mau egipcio resonaron por la cabina hasta que se cerró la puerta de embarque.

El señor Lee se sonó la nariz mientras Amy y Dan se apretujaban contra él para tratar de acceder a sus asientos. Nella se acomodó en la fila de detrás, absorta de nuevo en su música.

—¡Qué fastidio! —protestó Dan, que ya estaba inquieto, a pesar de que acababa de sentarse—. Es el vuelo número tropecientos que cogemos y no nos dejan llevar con nosotros a *Saladin*. ¿Qué podría ir peor?

Sus ojos se cruzaron durante medio segundo con los de su hermana y en seguida separaron la mirada. Era una pregunta estúpida y Dan lo sabía. ¿Que qué podría ir peor? Su caso era la mismísima definición de «peor». No, la verdadera razón del humor de perros de Dan, y lo que explicaba por qué Amy había perdido la paciencia con él, no tenía nada que ver con los vuelos largos ni con los gatos.

¡Madrigal!

Después de tantas semanas, Amy y Dan habían averiguado por fin el misterio sobre la rama de la familia Cahill a la que pertenecían. No formaban parte de los astutos y brillantes Lucian, maestros de la estrategia. Ni eran genios creativos como los Janus. Y tampoco eran descendientes de guerreros, como los forzudos Tomas, ni innovadores Ekaterina, los inventores más grandes que el mundo haya conocido.

No. Durante todas aquellas semanas en las que se habían dedicado a recorrer el mundo tras las 39 pistas, Amy y Dan habían sido Madrigal.

Madrigal. Lo peor de lo peor. Habían masacrado a la familia real rusa como parte de una serie de asesinatos que había recorrido varios continentes. Sus herramientas de trabajo: la cautela, el sabotaje, el engaño, el asesinato y, sobre todo, el terror. Incluso los Lucian les tenían miedo... y eso que todo el mundo temía a los Lucian.

«Es como si te pasases toda la vida sin mirarte al espejo —meditó Amy— y, de repente, vieras tu reflejo y descubrieras que eres un monstruo.»

¿Cómo podían ser Madrigal y no saberlo? Llevaban repitiéndose la misma pregunta durante todo el viaje desde África. Se martilleaban a sí mismos con ella, con la esperanza de que si se lo preguntaban las suficientes veces, la respuesta pudiese cambiar la horrible verdad.

Los Madrigal eran tan reservados que se guardaban secretos incluso entre ellos mismos. Probablemente, la abuela de Amy y Dan, Grace, debió de ser también una Madrigal. Tras la muerte de sus padres, ella se había convertido en su pariente más cercana en todo el mundo. Y sin embargo, nunca les había mencionado nada al respecto.

«Ahora Grace se ha ido también», pensó la muchacha con tristeza. Ella y su hermano estaban solos... Bueno, a excepción de Nella... y de *Saladin*, por supuesto, la adorada mascota de su abuela.

Aún estaban asumiendo la idea de que formaban parte de la ilustre familia Cahill. La búsqueda de las 39 pistas todavía les parecía tan irreal... ¡Ellos, dos huérfanos de Boston, tenían la oportunidad de convertirse en las personas más poderosas del mundo! Eso era lo más sorprendente. Lo más probable era que sus padres también fuesen Madrigal. ¿Significaba eso que habían sido malvados?

Amy se había dedicado durante horas a la introspección para tratar de ver con claridad qué albergaba su propio corazón. No todo era luz y dulzura. Descubrió en su interior ira acumulada por los sucios trucos de la caza. Isabel... Con tan sólo pensar el nombre de la asesina de sus padres se encendía un resplandor ardiente que le distorsionaba la vista.

Isabel, que había convertido a dos alegres niños en huérfanos...

«¡Venganza!» Aquello era más bien una necesidad emocional que un pensamiento racional. La revolución de un motor sobrealimentado. Era tan automática, tan pura, que sólo podía provenir del Madrigal que llevaba en su interior.

«Cuando eres malo, ¿puedes reconocer la maldad en tu interior?»

En voz alta, le dijo a su hermano:

—Intenta dormir. El desfase horario será increíble cuando lleguemos a China.

—Me he pasado todo el viaje desde África durmiendo —refunfuñó Dan.

El avión se empezó a alejar de la puerta de embarque y comenzaron las demostraciones de seguridad.

—Tras el despegue, les invitamos a disfrutar de la película que podrán sintonizar en la pantalla del asiento delantero —explicó el anuncio—. Nuestro primer largometraje se titula *Terminator Salvation*.

—¡Sí! —Dan sacó los auriculares del bolsillo del asiento—. ¡Por fin tenemos suerte en algo!

—Tu idiotez será estudiada por futuras generaciones —le informó Amy solemnemente.

—No seas ceniza —la regañó él—. La buena suerte es como una onda: se expande. Ojalá que nos lleve consigo. —Se colocó los auriculares mientras el 777 seguía su camino entre el tráfico del aeropuerto, cogía velocidad en la pista de despegue y alzaba el vuelo.

Londres se desvanecía a sus espaldas. Otra ciudad más. El señor Lee se agarró con fuerza a los apoyabrazos. Tenía los nudillos totalmente blancos. En cambio, Amy y Dan eran ahora pasajeros experimentados que apenas notaban las turbulencias.

En pocas semanas, dos niños que nunca habían salido de Nueva Inglaterra habían visitado ya más de una docena de países en cinco continentes.

Dan reclinó su asiento y se centró en el sistema de entretenimiento que tenía delante. Lo malo es que, cuando la pantalla se encendió, no le mostró la palpitante introducción de *Terminator Salvation*, sino escenas de un ornamentado palacio.

—¿Qué narices...? —Dan comenzó a pasar a toda velocidad los canales. La mansión salía en todos ellos.

Amy activó su propia pantalla y observó la escena del castillo.

—Conozco esta película... —De repente, su expresión se suavizó—. Es *El último emperador*. La vi dos o tres veces... con Grace.

Un bulto se materializó en su garganta. Con la confusión de las pistas, era muy fácil olvidar que hacía menos de dos meses de la muerte de Grace.

Grace... Madrigal... No había malentendido posible. Habían visto incluso su guarida Madrigal.

«¡Me da igual! Yo la quería... Aún la quiero...»

Dan no estaba de humor para sentimentalismos.

—¡Oye, se han equivocado de película! —Mientras buscaba el botón para llamar a la azafata, vio de refilón el monitor de su alérgico vecino. Allí estaba Terminator, en toda su gloria futurista.

Consternado, se puso de rodillas sobre su asiento y se asomó hacia atrás para comprobar que el hombre cibernético también estaba en la pantalla de Nella.

—¡Todos tienen *Terminator* menos nosotros!

Amy frunció el ceño.

—¿Por qué iban a poner algo diferente en sólo dos asientos?

—Hay una conspiración internacional para aburrirme —protestó el muchacho.

Más allá de la muchedumbre de pasajeros de Heathrow zumbaba una colmena de actividad. Sobre el asfalto, una armada de máquinas y manipuladores de equipaje se ocupaban de uno de los aeropuertos más concurridos del mundo.

Varios empleados de mantenimiento disfrutaban de un descanso cuando se percataron de la presencia de un nuevo trabajador en la sala de personal. Era mayor que los demás... Debía de rondar los sesenta. Cuando se encogió de hombros, pudieron comprobar que su atuendo era muy elegante: una americana de cachemir, un jersey de cuello alto y unos pantalones de vestir; todo de color negro. Un escrutinio más cuidadoso habría revelado que su chapa de identificación era falsa. Aquel hombre no trabajaba allí. Ni en ningún otro sitio.

Aunque ninguno de los empleados conocía al Hombre de Negro, Amy y Dan sí lo habrían reconocido. Llevaba siguiéndoles el rastro por medio mundo.

CAPÍTULO 2

A Dan, *El último emperador* le parecía tan aburrida como el vuelo de diez horas a Pekín.

—Deberías prestar atención —le aconsejó Amy—. Será una buena preparación para nuestro viaje a China.

—Mmm... —murmuró él, con los ojos entrecerrados. Estaba convencido de que lo único bueno que podía pasar después de que le privasen de *Terminator* sería que aquella película le hiciese dormir.

Y ya estaba dormitando cuando, de repente, Amy le clavó las uñas en el brazo.

—¡Dan!

—¿Qué mosca te ha picado? —Sus ojos legañosos se fijaron en su hermana, que señalaba la pantalla—. A ver, Amy... ¡estaba intentando dormirme para poder escapar de *El último emperador*!

—¡Mira! —insistió su hermana—. ¡En esa pared!

Dan parpadeó. En la escena se veía a Puyi, el emperador de China, a los tres años de edad, jugando en la Ciudad Prohibida, el enorme complejo imperial. Había cientos de palacios, templos y estatuas decoradas elaboradamente. Y allí, pintado en la esquina de un pequeño edificio...

—¡El blasón Janus! —exclamó, asombrado.

Amy frunció el ceño.

—¿Por qué saldrá en *El último emperador*?

—Hay muchos Janus en el mundo del espectáculo —sugirió Dan—. Tal vez el tipo que hizo esta película era uno de ellos.

—Quizá —respondió su hermana, de mala gana—, aunque lo dudo. Este largometraje se rodó en los ochenta y la pintura de ese muro parece mucho más antigua.

—Pero ¿quién más podría haber...? —Dan tenía los ojos como platos—. ¿Te refieres a él? —añadió, señalando al bebé vestido con túnica real de la pantalla—. ¿Puaj?

Amy estaba enojada.

—Su nombre es Puyi y era el emperador de China, no un mal olor.

—¿Y crees que es descendiente de una de las ramas asiáticas de los Cahill?

—No tiene por qué ser Puyi —razonó la muchacha—. La Ciudad Prohibida existe desde hace siglos y allí han vivido muchas personas aparte del emperador. No olvides la corte imperial, los guardas, los monjes, los eunucos...

—¿Qué es un eunuco? —interrumpió Dan.

—Bueno... —Amy se sonrojó y trató de escoger las palabras cuidadosamente—. ¿Sabes lo que le hicieron a *Saladin* para que no tuviese gatitos?

—Sí, pero a las personas no les hacen eso... —Dan estaba pálido—. ¿O sí?

—En la antigua China sí lo hacían —respondió su hermana.

Dan parecía alarmado.

—Pero ahora ya no, ¿verdad?

Ella puso los ojos en blanco.

—Muchas culturas solían hacer cosas que hoy en día consideramos raras. Incluso la nuestra. Y de todas formas, nuestros padres fueron a China después de ir a África, y Grace viajó allí también. La película prueba aún más que estamos yendo al lugar adecuado. Nosotros somos los únicos en todo el avión que tenemos *El último emperador* en nuestras pantallas, y eso es porque alguien quería que viésemos ese escudo Janus.

—Pero ¿y si es algún otro equipo que nos ha puesto una trampa? —preguntó Dan—. O los Madrigal, tratando de... —Hizo una mueca con los labios.

—Es un riesgo que tendremos que asumir —decidió Amy—. Al menos sabemos cuál es nuestra primera parada cuando lleguemos a Pekín: la Ciudad Prohibida, el hogar de los soberanos de China medio siglo antes de que Gideon Cahill naciese.

Mantengamos el ojo en la mira. Todo tiene sentido.

Una forma de pensar muy del estilo Madrigal.

La nueva terminal de Pekín era uno de los más avanzados edificios de aeropuerto del mundo. Era ultramoderno, aunque a la vez mantenía su inconfundible aire chino. Las curvas de su empinado techo de cristal incorporaban antiguos colores y diseños.

—Según la guía, este lugar está inspirado en la forma del dragón chino —explicó Amy a sus compañeros de viaje.

Los ojos de Dan estaban clavados en las señales que indicaban dónde se hallaba la sala de recogida de equipaje.

—Esperemos que la línea aérea no haya enviado a *Saladin* a la Antártida.

El trasportín del gato giraba en la cinta, parcialmente escondido entre las enormes maletas, cajas y baúles. Comenzaron a oírse unos maullidos indignados que atravesaron el vestíbulo de llegadas internacionales.

Dan sacó el trasportín de detrás de un estuche de palos de golf y se asomó para ver al gato.

—Relájate, amigo.

Recibió un exasperado «¡miau!» regañándolo como respuesta.

Al salir de la sala, la agitación del gato fue en aumento. Clavaba las uñas constantemente en la malla del trasportín.

Amy se preocupó.

—¿Qué le pasa a *Saladin*, Dan? ¿Está enfermo?

—Probablemente sólo esté agitado —respondió él—. Voy a dejarlo salir, pero lo vigilaré bien de cerca.

—No puedes hacer eso —protestó Nella—. El aeropuerto está abarrotado de gente.

Pero Dan ya había abierto la puerta del trasportín.

Saladin salió disparado como si lo hubiesen lanzado con un cañón y comenzó a afilarse las uñas en las baldosas. Giró sobre sí mismo, tratando de orientarse. Después, ante sus horrorizadas miradas, se abalanzó sobre un hombre alto, delgado y mayor que estaba sentado en un banco cercano, leyendo un periódico.

—¡*Saladin*! —susurró Amy—. ¡No!

La víctima gritó desesperadamente y se levantó de un salto, lo que hizo que su sombrero cayese al suelo.

Dan sujetó al gato y Amy se encargó de recoger el gorro y entregárselo a su dueño.

—Disculpe, señor... —Sus ojos se clavaron en el pomo de diamantes de su bastón.

Él aceptó el bombín con una tímida sonrisa. Era Alistair Oh, uno de los Cahill, su tío, rival en la búsqueda de las 39 pistas.

—Ah, hola, niños. Tenéis buen aspecto.

El mau egipcio le bufó desde los brazos de Dan.

—¡Estabas espiándonos! —lo acusó Amy.

—¿Espiándoos? —repitió Alistair—. No, tan sólo estoy aquí

para daros la bienvenida en vuestra segunda visita a Asia y para ofreceros mi ayuda. La barrera del lenguaje puede ser un gran obstáculo en China, pero mi mandarín es excelente.

Los ojos de Nella se entrecerraron, tal como hacían siempre que alguien trataba de aprovecharse de sus pequeños.

—Ya, y nos ofreces tu ayuda sólo porque tienes un gran corazón, ¿verdad?

—¡Por supuesto! Aunque... —La gentil sonrisa de Alistair comenzó a parecer algo forzada—. Sería una excelente oportunidad para que nos pusiéramos al día en cuanto a nuestros respectivos progresos en la competición.

—¡Ajá! —explotó Dan—. ¡Sólo quieres ayudarnos para robarnos nuestras pistas porque sabes que estás perdiendo!

La sonrisa desapareció, y Amy y Dan notaron los exhaustos y enrojecidos ojos de su tío.

—Siento deciros, niños, que probablemente todos vayamos perdiendo —admitió—. Ian y Natalie Kabra llevan ya varios días en China. Y lo que es aún más preocupante: los Holt han abandonado completamente la pantalla de su radar.

—Prueba con el concurso a Mister Universo —sugirió Dan.

Alistair lo observó arrepentido.

—Todos hemos subestimado a los Holt. En los círculos Ekat, se rumorea que han avanzado considerablemente. No es demasiado tarde para alcanzarlos... si trabajamos juntos.

Los ojos de Amy se encontraron con los de su hermano. Entre todos los competidores que participaban en aquella búsqueda, el tío Alistair era el único que les hacía sentirse parte de la familia. Aunque la verdad era que los había traicionado... en más de una ocasión. Pero comparado con el resto de los Cahill, él era el único que parecía preocuparse por lo que les pasase.

La imagen del tío Alistair se desvaneció en la mente de Amy, donde apareció otra mucho más oscura. Aquella terrible noche, años atrás, en el incendio que había matado a sus padres, Alistair había estado allí.

A la muchacha se le llenaron los ojos de lágrimas.

«¡Deja de pensar en eso!»

Alistair no era un asesino. En el peor de los casos, había sido el cómplice involuntario de Isabel. Aun así, no le iba a ser fácil ganarse la confianza de Amy. Y en cuanto a Dan...

—¿Por qué no mientes y haces trampas como los demás? —dijo el joven, bruscamente—. ¿No ves que es mejor eso que empezar haciéndote el simpático para después traicionarnos? ¡Tal vez sea muy Cahill, pero no está bien! Grace tenía un lema: «Que me engañes una vez, vale; ¡pero como me engañes dos veces te arreo con este trasportín!».

—Pensadlo bien —insistió Alistair autoritariamente.

—Los niños han rechazado tu propuesta —concluyó Nella.

—Sí, pero...

Dan soltó a *Saladin* y el mau egipcio se lanzó a los tobillos de Alistair. Se oyó al gato rasgando con sus uñas una gran parte de la pernera izquierda del pantalón de Alistair. Cuando la tela estuvo totalmente desgarrada, el pequeño animal echó a correr hacia la salida.

—Si cambiáis de opinión, me alojo en el hotel Imperial. —Dio media vuelta y se fue.

Nella rodeó con un brazo a sus dos pequeños.

—Espero que tengáis un plan, cabezas de chorlito, ya que habéis mandado a Alistair a freír espárragos.

Amy, nerviosa, sonrió vacilante.

—Siguiente parada: la Puerta de la Paz Celestial.

CAPÍTULO 3

Puede que la búsqueda de las 39 pistas sea una arriesgada caza del tesoro con la dominación del mundo como recompensa, pero, tarde o temprano, siempre se acababa en algún estúpido museo.

«Triste pero cierto», pensó Dan mientras el sonriente guía les conducía entre los enormes vestíbulos llenos de vitrinas que cubrían las paredes de arriba abajo. Sólo el Museo Palacio de la Ciudad Prohibida ya albergaba más de trescientas mil piezas de porcelana.

—Podrías comer sopa en un plato diferente cada día durante unos mil años —le susurró Dan a Amy.

—Ésta es la colección de arte más grande que he visto jamás —dijo ella, maravillada, sin prestar atención a las ocurrencias de su hermano—. ¡Es incluso mejor que la fortaleza Janus de Venecia!

—Está claro que esos emperadores eran Cahill —decidió Dan—. Estaban totalmente forrados... Igual que el resto de la familia, excepto nosotros.

Amy frunció el ceño.

—Los emperadores vivieron aquí durante seiscientos años. ¿Cómo vamos a saber qué generación estaba relacionada con la búsqueda de las pistas?

—Seguro que nuestros padres sabían algo de eso —respondió el muchacho—. Si no, ¿por qué iban a venir aquí después de visitar África?

Ella asintió.

—Tienes razón. Escuchemos al guía, puede que descubramos algo importante.

Dan gimió. Como si hubiera posibilidades de encontrar una pista en una mariposa estampada en un orinal. Ya sabían qué estaban buscando: el escudo que vieron en *El último emperador*. Estaba ahí fuera, en algún lado, medio borrado, pero aún se podría ver en la pared de uno de aquellos edificios.

Dan comprobó la hora. Aún faltaban más de tres horas para que se reencontrasen con Nella, que había salido con *Saladin* en busca de un hotel. No había forma de contactar con ella para que llegase antes, pues ninguno de sus teléfonos tenía cobertura en China. Estaban atrapados allí, con los trescientos mil platos.

—Esta colección se inició con la dinastía Ming, pero su volumen se incrementó considerablemente durante la época Qing —explicaba el guía—. Los emperadores Qing eran conocidos por su dedicación obsesiva a las artes...

—¡Eso es! —susurró Amy.

—¿El qué?

—¿Obsesionados con el arte? ¿No te suena familiar?

Entonces Dan cayó en la cuenta.

—¡Los Janus! ¡Esos tipos venderían a su madre por un simple cuadro!

A Amy se le encendieron los ojos de la emoción.

—Dan, todo empieza a tener sentido. Lo que buscaban papá y mamá en China, sea lo que sea, está relacionado con la rama Janus. Debe de ser algo importante.

Dan asintió.

—Pero ¿cómo vamos a encontrar el escudo Janus si estamos aquí rebuscando entre platos?

Amy se fijó en el *walkie-talkie* que llevaba el guía en su cinturón.

—Si ese tipo nos ve fisgoneando por ahí, llamará a seguridad. Además, no sabemos dónde buscar. La Ciudad Prohibida es el complejo palaciego más grande del mundo. ¡Hay más de novecientos edificios!

Dan abrió el folleto con el plano del terreno de las setenta hectáreas que componían la Ciudad Prohibida.

—Creo que recuerdo la escena de la película. Si consigo averiguar cómo leer este mapa...

Movió la página sin dejar de observarla detenidamente. Dan tenía memoria fotográfica, pero reconocer la escena de una película en un diagrama impreso no era tan fácil.

—Veamos, el cachivache de la suprema «no sé qué» está por ahí...

—El Salón de la Suprema Armonía —corrigió Amy.

—... así que creo que el blasón Janus debería estar en algún lugar de esta sección, al lado del «como se llame» del chisme tranquilo.

—El Palacio de la Longevidad Tranquila —añadió la muchacha.

—Lo encontraré —decidió Dan—. Pero tú tendrías que crear una distracción...

La muchacha estaba nerviosa.

—¿Qué distracción? No puedo ponerme a dar volteretas por aquí... Podría romper algo.

—Sí, ya —respondió él—. No queremos que estos tipos se queden sin platos. No hace falta ser científico nuclear. Basta con que vayas al otro lado de la habitación y comiences a hacer preguntas aburridas. Así, mientras el guía te dé sus respuestas interminables, yo podré escaparme.

—Perfecto —respondió ella, que parecía algo ofendida por las palabras de su hermano. Levantó la mano.

—Dis... dis...

«Ya vale», se dijo a sí misma. Su tartamudeo aparecía con frecuencia cuando estaba estresada, pero aquello era importante.

—Disculpe, ¿de qué año son esas piezas? Ésas no, me refiero a estas de aquí...

Amy había escogido bien. Una fila de altos estuches de vasos separaba a Dan del grupo. Su hermana era una pesada, pero tenía que reconocer que los dos juntos formaban un buen equipo.

«No está mal para un par de Madrigal», reflexionó él, arrepintiéndose inmediatamente de haberlo pensado.

No era ninguna broma. En África habían descubierto que los alias de los pasaportes de sus padres, señor y señora Nudelman, coincidían con los nombres de un par de distinguidos asesinos y ladrones. «¿Mamá y papá... eran los Bonnie y Clyde del hemisferio sur?» Ridículo. Debía de ser una coincidencia. Pero aun así...

Marido y mujer... asesinos despiadados... Madrigal...

La simple idea le causaba escalofríos.

Se perdió en varias ocasiones mientras trataba de salir del edificio, deambulando por el laberinto de salas decoradas. Finalmente, se las arregló para encontrar una puerta de acceso y escabullirse hacia la Ciudad Prohibida. Era un complejo inmenso, con cinco palacios gigantescos y otros diecisiete que eran tan sólo enormes... y eso sin mencionar un millar de edificios más pequeños de diferentes formas y tamaños. Los templos, monumentos y jardines parecían no acabarse nunca. Era realmente una ciudad... como si la mitad del centro de Boston hubiese sido construido para que viviese una persona sola. Aunque ese sitio era mucho más colorido que cualquier lugar de Boston... un caleidoscopio de amarillo imperial, rojo vivo y brillante pan de oro. Todo a su alrededor denotaba una riqueza y un lujo más allá de la imaginación. De todas formas, a pesar del tamaño del lugar, Dan no pudo evitar sentirse encerrado entre los cuatro enormes portalones, las altísimas paredes y las torres de observación de las esquinas. Trató de imaginarse a Puyi, el niño emperador de la película, disfrutando de todo aquello, que sería su patio de recreo particular. Según el guía, Puyi había abdicado oficialmente a los seis años, aunque el gobierno chino le había permitido quedarse allí hasta que se convirtió en un joven.

Utilizando la Puerta de la Paz Celestial como punto de referencia, Dan se orientó y se dirigió al área que recordaba de la película *El último emperador*. Durante un momento, se sintió desconcertado. ¿Estaría buscando en China un escudo que en realidad se encontraba en un escenario de Hollywood a diez mil kilómetros de distancia?

«Es demasiado tarde para preocuparse por eso...»

De repente, se encontró en una zona con edificios más pequeños y bajos. A pesar de que la Ciudad Prohibida había sido el hogar del emperador, allí también habían vivido una gran cantidad de sirvientes, monjes y eco... eunucos. Tal vez fuese allí donde vivieron. Mientras atravesaba las hileras de edificios, iba inspeccionando las paredes en busca del blasón Janus. Se preguntaba a qué altura de la escala de problemas estaría el que le cogieran allí en medio. No había ni un solo turista, ni tampoco guardias de seguridad. Todo el mundo parecía estar en la Casa de los Platos, unos mirando vasijas y otros vigilándolas.

Dan siguió adelante. Varias piezas de arte, diseños y muestras de caligrafía lo rodeaban en los pilares y las paredes. Un lugar muy Janus, claro. ¿Dónde estaba el escudo, entonces?

Notó un profundo sentimiento de terror creciéndole en la boca del estómago. Aquél era su único indicio; si no encontraban nada, se quedarían perdidos en medio de un país enorme con más de mil millones de habitantes, sin la más mínima idea de qué buscar.

La frustración se transformó en alarma. Probablemente no estuviera tan orientado como creía. Tal vez su memoria fotográfica no fuese tan fotográfica como pensaba. Comenzó a girar a su alrededor desesperadamente. ¡Nada! Excepto...

Al doblar la esquina, en la pared de un pequeño templo, sus ojos se clavaron en un símbolo que no encajaba con el entorno: la letra S.

«Todo lo demás está en chino. ¿Qué hace esa S ahí?»

La pintura era vieja y estaba descolorida, ya casi ni se veía. Observó la pared con detenimiento... y de repente se dio cuenta: ¡No era una S ni nada por el estilo! Era la cola rizada de un animal... Un dibujo que se había desvanecido con el paso de los años, por el efecto del sol y del mal tiempo. Era un lobo de pie sobre dos patas en posición de ataque, mirando por encima del hombro.

—¡El símbolo de la rama Janus!

CAPÍTULO 4

A Dan le costó trabajo contener un grito que habría podido destrozar todos los platos del museo.

«Tranquilízate. Encontrar el escudo era la parte más fácil.»

Lo complicado iba a ser comprender qué quería decir.

El templo original tenía una entrada abierta, sin puerta, pero ya en los tiempos modernos se había instalado un portalón metálico para evitar que entrasen intrusos. Cautelosamente, se dirigió a la malla metálica y echó un vistazo en el interior. Aquello le recordó a una casa de la que alguien se acabara de mudar: una estructura hueca. Estaba totalmente vacía, salvo por el polvo y algún que otro grillo.

Examinó la verja de abajo arriba. Seguro que podía encontrar el modo de colarse, pero ¿para qué iba a molestarse? Allí dentro no parecía que hubiera nada. Además, su hermana se volvería loca si se enterase de que había profanado un templo de cuatrocientos años de antigüedad. No pudo evitar sonreír: aquélla no sería una Amy muy distinta de la habitual.

Salió del porche de madera y observó los grillos de la vertiente del tejado.

«Este lugar es ideal para colocar un par de trampas», pensó.

Pero ¿y si aquellos grillos también eran conciencias, como Pepito Grillo?

Entonces uno de los insectos desapareció.

«¿Eh?» Observó más detenidamente. Debía de existir una abertura entre las tejas por la que los grillos podían entrar y salir.

Se acercó de nuevo a la puerta de seguridad y volvió a mirar al interior. El techo del templo era bajo, casi claustrofóbico. Sin embargo, el tejado era alto y el marco tenía forma de A.

¡Un ático! ¡Un ático secreto!

Con una mirada furtiva se aseguró de que estaba solo, trepó a la barra del porche y comenzó a escalar hasta la esquina del poste, más allá del alero. Dudó por un momento: si nadie podía verlo, ¿quién llamaría a la ambulancia si se caía? Reunió fuerzas. Se subió al saliente y se impulsó hacia el inclinado tejado, agarrándose como Spiderman a las antiguas tejas amarillas.

Se quedó quieto un momento, tratando de recuperar el aliento y escuchando los rítmicos latidos de su corazón. No, un momento... ¡aquello no era su corazón! Era el *pum, pum, pum* de unos pies marchando. Se pegó todo lo que pudo a la empinada pendiente del tejado y trató de ocultarse.

En el camino de abajo, una unidad de seis soldados desfilaba en formación en orden cerrado. ¿Seguridad? No, iban vestidos con túnicas de seda roja y sombreros a juego, como los guardias que había en palacio cuando los emperadores vivían allí. Los soldados estaban entrenados para mantener la mirada fija al frente y no para notar al intruso del tejado.

Cuando desaparecieron en el laberinto de paredes carmesíes, Dan permitió que su cuerpo se relajase. Aunque eso es algo que nunca se debería hacer cuando se está en una pronunciada pendiente.

Cuando se dio cuenta, ya llevaba un rato resbalando hacia atrás. Frenéticamente, buscó algo a lo que agarrarse a su alrededor, pero no encontró nada. Se deslizaba suave pero progresivamente, en dirección a una gran caída.

Desesperado, trató de introducir los dedos en el hueco de una teja rota... cualquier cosa que le sirviese para sujetarse. Con el crujido de unas bisagras oxidadas, unas cuantas piezas se desprendieron del tejado, descubriendo algo que parecía un buzón.

Se colgó ahí, gracias a lo cual logró por fin detener su caída. Su asombro inicial pronto se convirtió en triunfo. ¡Una trampilla! Aquélla era la entrada.

El hallazgo trajo consigo una reserva escondida de fuerza. Dan se elevó hasta la apertura y se dejó caer sobre un suelo de madera polvoriento.

El «cri-cri» era tan potente que sonaba como las campanas de una iglesia, tan alto que podía sentir cómo le vibraban los labios. Grillos, había miles de ellos. El suelo y las paredes estaban atestados.

Instintivamente, buscó el inhalador en su bolsillo.

«No —se dijo a sí mismo—, las situaciones repugnantes no te provocan ataques de asma.»

Con mucho esfuerzo, venció su repulsión y examinó el compartimento escondido.

El ático era estrecho y sólo era lo suficientemente alto como para estar de pie en su zona central. Tenía que agacharse para caminar por las esquinas. Exceptuando los grillos, la habitación estaba vacía. ¿Serían ellos la pista? Aquello no tenía sentido. Era imposible que los insectos estuviesen allí desde los tiempos de los emperadores. Entonces se dio cuenta de que el lugar no estaba completamente vacío. Sobre el suelo, en la otra punta, había una pieza de tela del tamaño de una toalla de mano. Se detuvo, la recogió y sacudió algunos grillos y un montón de polvo. Se trataba de un paño de seda de un color dorado pálido, cubierto de escrituras chinas y con un enorme sello rojo... Un «timbre», había dicho el guía.

Lo observó más de cerca en la tenue luz. No sólo había caracteres chinos. Emocionado, reconoció los símbolos de las cuatro ramas de su ilustre familia, así como el escudo Cahill.

Frunció el ceño. Los símbolos estaban dispuestos en una ecuación matemática:

Sin duda, aquél era el objeto que los había llevado hasta la Ciudad Prohibida. Tenía que llevárselo a Amy para, entre los dos, tratar de averiguar qué quería decir.

—Hasta luego, chicos —susurró a los grillos. Dobló el paño de seda y se lo metió debajo de la camiseta. Después, se estiró hacia la salida del techo y se subió de nuevo al tejado.

Fue extremadamente cuidadoso al descender. Se golpeó contra las tejas mientras cerraba la trampilla y se deslizó pilar abajo, en busca de la seguridad de la tierra firme de nuevo. Tal vez debería haber tenido la precaución de echar un vistazo a su alrededor antes de bajar. Cuando por fin puso un pie en el suelo, se encontró atrapado entre los brazos de un guardia uniformado. Uno que, además, no llevaba la indumentaria ceremonial de hace siglos. Su chaqueta lucía la estrella roja, insignia de la armada china.

El hombre gritó algo en su propia lengua, pero después, al fijarse en el rostro occidental de Dan, cambió de idioma.

—¡Ésta es una área restringida!

—No encuentro a mi grupo —respondió Dan.

El oficial comenzó a cachearlo, deteniéndose en el suave acolchado de debajo de su camiseta.

—¿Qué es esto? —preguntó, sacando la pieza de seda doblada.

La mente de Dan comenzó a funcionar a la velocidad del rayo.

«Si ve las escrituras que hay en el interior, nunca dejará que me lo quede.»

Suspiró hondo y respiró todo el polvo que había arrastrado consigo desde el ático, que se coló por sus orificios nasales. Entonces arrancó el paño de las manos del oficial y descargó un poderoso estornudo sobre él.

El hombre hizo una mueca.

—¿Dónde están tus padres?

—Muertos —respondió Dan, volviendo a meterse la pieza de seda debajo de la camiseta—. He venido con mi hermana, pero me he perdido.

—Estás mintiendo. Te he visto bajar del tejado de esta estructura.

—Tan sólo me he subido ahí para tratar de ver mejor. Estaba buscando el museo para poder regresar.

El hombre se rió de él y le señaló el inmenso edificio del palacio principal, que descollaba sobre la Ciudad Prohibida.

—Es difícil perder de vista el museo.

—Mi sentido de la orientación es horrible —respondió Dan.

—Eres un jovencito maleducado. Además, estás... ¿cómo se dice en tu idioma? Ah, sí: malcriado.

CAPÍTULO 5

Amy caminó con el resto del grupo hacia la Puerta de la Paz Celestial, preguntándose si Dan habría localizado el misterioso blasón Janus que habían visto en la película.

Los diminutos giros inesperados de la suerte que marcaban la diferencia entre encontrar una pista o quedarse sin ella podían ser mínimos. Si no fuera porque el destino del mundo dependía de esa diferencia. Hasta podía resultar divertido.

La idea de que su hermano pequeño de once años anduviese suelto por la Ciudad Prohibida... bueno, la ponía nerviosa, pero estaba aprendiendo a vivir con ello. A lo largo de las últimas semanas, los dos muchachos habían sobrevivido por los pelos a circunstancias que hacían que todo esto se pareciera a la hora del recreo en la guardería. Volverían a reunirse cuando se encontrasen con Nella en... —consultó su reloj— media hora. Tenía la esperanza de que la niñera les hubiera encontrado un hotel decente.

Ese pensamiento le hizo fruncir el ceño. En los últimos días, habían observado algunos detalles en Nella que la hacían pensar que tal vez fuese más de lo que parecía.

«O tal vez me esté volviendo paranoica...»

No tenía ninguna duda de que la paranoia era algo muy Madrigal. Sus padres eran paranoicos... y tenían sus razones. Todo el mundo había ido a por ellos.

Y una persona llegó a conseguirlo.

Aun así, sus padres siempre habían sido extrañamente reservados, incluso con ellos, que eran sus hijos. Ahora que lo pensaba, siempre había habido reglas... «No te acerques al sótano o a ese determinado armario; no abras ese cajón ni esa mochila.» Hasta ahora, nunca se había preguntado qué estarían escondiendo: granadas del mercado negro, la cabeza de alguien, uranio 235, el virus del Ébola, los restos perdidos de Wolfgang Amadeus Mozart... Después de todo eran los Nudelman. Se encogió como si se estuviera escondiendo de algo horrible. Tenía muy pocos recuerdos de sus padres, y ahora incluso los diminutos restos que quedaban en su memoria tenían que superar el detector Madrigal... Cada palabra y cada gesto debían atravesar las pruebas antimaldad. ¡Qué patético!

Un miembro de su grupo interrumpió la tortura de su ensoñación.

—Disculpa, querida, pero ¿ese de ahí no es tu hermano? ¿Por qué lo traerá esposado ese soldado?

Al lado del portal, un hombre de aspecto enfadado y vestido de uniforme vigilaba a Dan.

Amy corrió hacia ellos.

—¿Qué le está haciendo a mi hermano?

—¿Estás tú a cargo de este niño? Pero si no eres más que una niña.

—Tenemos que reunirnos con nuestra niñera en la plaza de Tiananmen —explicó Amy—. ¿Qué ha pasado, Dan?

Dan le guiñó un ojo y se encogió de hombros.

—No conseguía encontrarte, así que me he subido a un templo para ver mejor. Pero parece que a este señor no le ha hecho mucha gracia.

El guardia se ruborizó y le liberó de las esposas.

—Marchaos pero no volváis por aquí.

—¿Qué te parece? —preguntó Dan, suavemente, mientras los escoltaban por la Puerta de la Paz Celestial, a través del puente peatonal que había sobre el foso—. Nos prohíben entrar en la Ciudad Prohibida. Aunque bueno, si te tienen que prohibir la entrada en algún lugar, supongo que éste es el más adecuado.

—Muy gracioso —le susurró Amy, mientras atravesaban la alameda hasta la plaza de Tiananmen. Se estremeció. A pesar del enorme tamaño de la plaza, estaba hasta los topes. Amy odiaba las muchedumbres... y ahí estaba ella, en el lugar más concurrido del país más abarrotado del mundo—. Ahora no podemos volver ahí en busca de...

—Ya lo tengo —respondió Dan, sacándose el pañuelo de seda de debajo de la camiseta—. Toma, sujétalo por los bordes. He tenido que sonarme la nariz con él para que don Contento se creyera que era un pañuelo —añadió, mientras se lo entregaba.

A Amy casi se le cae.

—¿Has llenado la pista de mocos?

Dan estaba molesto.

—¿Quieres verlo o no?

Amy estiró la sucia y arrugada seda, manteniéndola apartada de los curiosos transeúntes de la atestada plaza. A la luz del sol, pudieron ver que la seda de color dorado pálido tenía un estampado de mariposas:

將你追求的, 握在手中,
于出生一刻已註定,
在天地相交處。

溥仪

—Lucian más Janus más Tomas más Ekat igual a Cahill —recitó ella en voz alta—. ¿Qué querrá decir esto? ¿Que si sumamos todas las ramas obtenemos la familia al completo?

—Si ése es el gran mensaje —opinó Dan—, entonces no ha valido la pena el arresto. Eso es como decir que los corazones, las picas, los diamantes y los tréboles forman la baraja de cartas.

—¿Qué forma es ésta? —Amy trazó una línea que rodeaba el escudo Lucian—. Hay una alrededor de cada símbolo, incluyendo el blasón Cahill.

Dan se encogió de hombros.

—Ojalá pudiéramos traducir estas escrituras.

—El tío Alistair habla chino —murmuró Amy.

—¡Ni de broma! —Dan se mantenía inflexible—. ¡Nunca volveré a confiar en él! ¡Sabemos que estaba con papá y mamá la noche que Isabel provocó el incendio!

Amy trató de escoger sus palabras cuidadosamente.

—¿Sabes, Dan?, he estado pensando en algo de lo que no consigo olvidarme.

Dan estaba alarmado.

—No me gusta esa mirada. Normalmente significa que tengo que investigar a Mozart, a Howard Carter o a cualquier otro tipo muerto y aburrido.

—Hablo en serio —le reprendió con suavidad—. Hay algo muy importante a lo que tenemos que enfrentarnos. —Respiró profundamente—. Mamá y papá eran Madrigal. ¿Nunca te has parado a pensar que tal vez el incendio esté relacionado con eso?

Dan puso los ojos como platos.

—¡No estarás diciendo que ayudaron a Isabel a quemar su propia casa!

—Claro que no. Pero ¿quién sabe en qué extraños asuntos andaría metida una pareja Madrigal? Nosotros vemos a los otros equipos como los malos. Pero ¿y si ellos veían así a papá y a mamá en aquellos años, como a un par de balas perdidas a las que había que detener?

Dan estaba horrorizado.

—¿Estás diciendo que murieron porque se lo habían buscado?

—No exactamente, pero...

—¡Sí que lo dices! ¡Estás diciendo eso mismo! —Dan se puso colorado—. ¡Esta caza de pistas ha transformado tu cerebro en papilla! ¡Estás hablando de nuestros padres! ¿Cómo puedes pensar eso?

—¿Crees que es fácil para mí? —respondió ella disgustada—. Tú tenías cuatro años cuando murieron. Apenas los recuerdas.

—¡Tú no eres la dueña de los recuerdos! —exclamó él, alterado—. Ni siquiera un niño de cuatro años olvida el momento en el que el jefe de bomberos le cuenta que sus padres ya no van a volver. ¡Cuando cierro los ojos, todavía puedo verlo! ¡Tenía bigote y un enorme anillo en el dedo y estaba enseñando a Grace lo que quedaba de la escultura de cobre, la del micro!

—¿Micro?

—¡Eso es exactamente lo que dijo él! —insistió Dan—. ¡Ya conoces el poder de mi memoria! ¡Me jugaría la vida en ello!

—¿Y recuerdas haber visto algo? —preguntó Amy.

—No. Sólo escuché las palabras. Fuera lo que fuese, debió de quemarse en el incendio.

—Entonces ¿cómo sabía el jefe de bomberos que allí había un micro?

Dan la miró fijamente.

—¡Pregúntaselo!

—¿No lo entiendes? —replicó la muchacha—. Se refería a un micrófono. ¡Alguien los estaba espiando! Isabel, seguramente.

—¿Y qué? —añadió Dan—. ¡Ella quemó la casa con dos personas en su interior! ¡Está loca! ¡Ocultar un micrófono es cosa de niños!

—La cuestión es que los recuerdos de nuestros padres son tan distantes que no podemos depender de ellos —explicó Amy, con una voz ahogada—. Sólo con saber que los estaban espiando nos podemos hacer una idea de lo confundidos que andamos. ¿Conocíamos realmente a papá y a mamá? Estaban metidos hasta el cuello en el tema de las 39 pistas y nosotros no teníamos ni idea. Eran Madrigal y ni siquiera ahora sabemos lo malo que puede ser eso... Asúmelo, Dan. Nunca llegamos a conocerlos.

Dan estaba tan enfadado que su rostro irradiaba calor.

—¡Habla por ti! ¡A mí me basta con lo que sé de ellos! ¡Sé que eran grandes personas! ¡Y también sé que no se merecían morir tan jóvenes! ¡Y tengo muy claro que no se merecían una hija que traicionase su memoria como lo estás haciendo tú!

—¡En África es la memoria de dos asesinos en serie! Allí, la gente se sentiría aliviada si se enterasen de que están muertos y... y... —Su voz sonaba entrecortada.

Él levantó la barbilla, desafiándola a decirlo.

—¿Y qué?

—Quizá nosotros también deberíamos estarlo —estalló ella.

En ese instante, Dan Cahill supo qué era sentirse como un cohete en plena aceleración: una combustión candente que se convierte en movimiento puro, propulsándote hacia delante. Se lanzó sobre ella, con los puños cerrados, preparado para pelear. Pero justo cuando iba a atacarla, sintió que no podía golpearla, ni siquiera era capaz de gritarle. Sólo podía echar a correr.

—¡Vuelve! —exclamó, ansiosa.

Finalmente Dan encontró las palabras, las únicas que consiguió gritarle a la hermana que ya no conocía:

—¡Te odio!

Tropezó contra un turista que grababa con una cámara, lo esquivó y siguió su camino. Haría lo que fuese para distanciarse de Amy.

Su voz sonaba distante.

—¡No te pierdas! ¡Nella estará aquí en veinte minutos!

«¡Perdido!», pensó él, furioso. Amy era la que se había perdido. Si pasabas demasiado tiempo con los Cahill, al final terminabas siendo como ellos. ¡Qué gente más miserable! ¡Se peleaban por quién iba a ser el amo del mundo traicionando a los traidores! Y ahora Amy estaba entre los peores de ellos.

¿Cómo había podido decir aquellas cosas? No tenían mucho de sus padres... Tan sólo unos cuantos retales descoloridos: un beso, un detalle, una risotada. Amy estaba manchando todo eso. ¿Y cuál era la razón? ¡La caza de las pistas!

«¡Tengo que alejarme de todo esto antes de que me convierta a mí también en un traidor! ¡Me retiro!»

La enorme gravedad de la decisión le cayó como un jarro de agua fría. Él y su hermana casi pierden la vida por aquella competición. Habían renunciado a dos millones de dólares para poder participar en ella. Tenían la oportunidad de dar forma a la historia de la humanidad... ¡Podían convertirse en los Cahill más poderosos de todos los tiempos!

«¡Cahill, Malvahill! Ya he tenido suficiente de los Cahill para mil siglos. ¡Ojalá mi nombre fuese Finkelstein! ¡Abandono!»

¿Se podía hacer eso? ¿Era posible separarse así sin más de la familia Cahill? Dejar la competición iba a ser fácil. Lo único que tenía que hacer era dejar de investigar. Pero siempre sería un Cahill. La familia lo sabía, Isabel Kabra lo sabía... Nunca estaría a salvo del peligro que suponían sus locos parientes.

Caminó torpemente a través de la plaza, esquivando grupos de niños de excursión, ejecutivos en la hora de descanso, ancianos haciendo calistenia y taichi, turistas y pequeñas patrullas de policías y militares. Los parloteos de las conversaciones se oían por todas partes, muchas eran por teléfono móvil; todo el mundo parecía tener uno. Por primera vez desde que habían llegado a China, sintió que se encontraba en el centro de la más ajetreada y habitada nación del planeta.

Un plan... Eso era. Necesitaba un plan post 39 pistas. Había dejado su vida habitual para ir al funeral de Grace y acabar en la competición. ¿Qué era lo siguiente? ¿La tía Beatrice? No estaba entre sus opciones. ¿La embajada de Estados Unidos? No era buena idea, acabaría con la tía Beatrice. ¿Amy?

«¡Nunca la perdonaré por lo que ha dicho!»

Se volvió para mirarla, pero las celebraciones de una boda en el centro de la plaza se interponían entre ellos. En lugar de viajar en una limusina alquilada, los novios iban en antiguos palanquines con las puertas correderas abiertas.

«¿Qué hace un niño de Boston en este estrambótico lugar lleno de extraños, a más de quince mil kilómetros del campo de Fenway?»

Estaba desorientado, tenía que admitir que aquél era el mejor modo de moverse por Pekín, en brazos de dos personas que, amablemente, te llevaban de un lado a otro, entre las multitudes de la plaza de Tiananmen. El primer palanquín pasó tan cerca de Dan que pudo ver las vetas en la madera pintada. El segundo se detuvo directamente delante de él. Lo miró asombrado mientras el panel corredero se deslizaba a un lado.

Sucedió tan de prisa que cuando Dan se sintió alarmado ya no había nada que hacer. Dos brazos fuertes lo agarraron y lo arrastraron adentro. Después, su captor saltó a la plaza, dio un portazo y se dirigió hacia los porteadores que cargaban el palanquín. Antes de que Dan pudiese protestar, el palanquín se elevó y comenzó a moverse rápidamente.

—¡Eh! —Desesperado, Dan empujó la puerta, pero ésta estaba bloqueada. Se lanzó contra el panel de madera—. ¡Dejadme salir!

Nadie le prestó atención. De hecho, parecía que iba cogiendo velocidad entre los traqueteos, ya que los porteadores habían echado a correr. Se oyó una bocina y el ruido del tráfico. Habían salido de la plaza y se movían por las calles de la ciudad.

Dan apoyó la espalda contra el lateral del compartimento y comenzó a dar patadas en la puerta corredera. El palanquín tembló, pero el panel permanecía firme. Se puso de cuclillas y golpeó la pared con el hombro. El dolor se extendió por la parte superior de su cuerpo. Luchó contra él, pero cada vez era más fuerte. Los porteadores gritaron agitadamente, pero la angustia no hizo que disminuyeran la marcha.

Por primera vez, la determinación de Dan a escapar comenzó a transformarse en terror.

«¡Me están secuestrando!»

CAPÍTULO 6

Hacía tan sólo un minuto estaba tan furioso con Amy que su discusión ocupaba por completo sus pensamientos. Ahora, en un abrir y cerrar de ojos, el mundo entero había dado un vuelco.

Reanudó su lucha, golpeando y gritando. No iba a conseguir escapar, pero el jaleo que estaba montando tal vez captase la atención de alguien... quizá incluso la de un policía.

Diez minutos después, estaba empapado en sudor y exhausto... tanto que casi ni se enteró de que el palanquín se había detenido y lo habían dejado sobre el suelo. Un nuevo plan se formó en la mente de Dan. En cuanto la puerta se abriese, alguien se iba a llevar una patada inolvidable en la cabeza. Y mientras el tipo estuviese recogiendo sus dientes, Dan ya se habría largado de allí.

El panel se desbloqueó y se oyó un chasquido. Se tensó, preparándose para entrar en acción. Cuando la puerta comenzó a abrirse lanzó su pierna hacia delante con todas sus fuerzas.

Pero no había nadie a quien golpear. En lugar de ello, sólo se veía el interior de una furgoneta. De repente, el palanquín se inclinó, haciéndolo caer al interior de la furgoneta. La puerta del vehículo se cerró y éste salió disparado, quemando ruedas.

Enfurecido, Dan se las arregló para ponerse de rodillas y echar un vistazo a sus captores.

—¿Eso eres tú o es que la contaminación aérea de Pekín es tan mala como dicen? —preguntó Natalie Kabra, oliendo a su alrededor.

Dan suspiró sorprendido. El color canela de la piel de Natalie era más oscuro que el de su madre, pero las dos compartían los mismos rasgos: una clásica belleza capaz de camuflar la crueldad y unos ojos penetrantes. En el caso de Isabel, eran los ojos de una asesina.

Natalie y su hermano mayor, Ian, lo miraban con desdén desde su asiento. Dan buscó ansioso a su alrededor; Isabel no estaba, al menos no en la furgoneta. El otro ocupante del vehículo estaba en un traspuntín, en la parte trasera, junto a Dan. Era un hombre enorme; probablemente era el matón que los Kabra habían contratado.

Dan no iba a satisfacer a sus primos Lucian dejándolos ver que estaba asustado.

—¿Esta vez no venís en limusina? —preguntó, despectivamente—. ¿O es que agotasteis vuestro crédito en África?

Ian se dirigió al conductor.

—Para.

El hombre pisó el freno con brusquedad y la furgoneta dio varias sacudidas antes de detenerse, lo que envió a Dan por el aire hasta la zona de carga. Se levantó aturdido, con un labio hinchado.

—Así que Alistair tenía razón —gimió Dan—. Estáis aquí en China.

—Nosotros estamos en todas partes —susurró Natalie—. Y ten por seguro que siempre vamos varios pasos por delante de vosotros dos, niños sin techo, y de vuestra niñera.

—Cuidadora —corrigió Dan automáticamente.

—Sí, estamos en China —respondió Ian, impaciente—. Y vosotros también. Ahora explícame qué estabas haciendo en el interior de ese templo en la Ciudad Prohibida.

—No sé de qué me estás hablando —murmuró Dan, obstinadamente.

Ian asintió.

—Imaginaba que responderías eso. Ahora es cuando el señor Chen te ayuda a recordarlo.

Con la sonrisa propia de un hombre que disfruta con su trabajo, el matón estiró un brazo, agarró a Dan por el cuello de la camisa y lo levantó en el aire.

—¡Vale, vale! —cedió Dan. ¿Por qué iba a dejar que le pegaran si el paño lo tenía Amy, a salvo de aquellos buitres? Además, Dan había abandonado la competición. No le importaba no volver a ver otra pista en su vida—. Sí, entré en el templo porque había un blasón Janus en la pared de fuera.

—¿Y qué encontraste allí? —inquirió Natalie, con una sedosa voz y una expresión despiadada.

—Grillos —respondió Dan—. Miles de millones de grillos. Unos insectos horrorosos, igual que vosotros dos.

—¿Algo más? —preguntó Ian, señalando al señor Chen.

El matón retorció el brazo de Dan con una llave y aplicó una sutil presión. Dan nunca había experimentado un dolor como aquél. Era una agonía tan terrible que borraba todos los pensamientos de su mente y dejaba sólo uno: «Haz que esto pare».

Aun así, se contuvo. «Si descubren lo del paño, entonces irán a por Amy...»

A pesar de lo enfadado que estaba con ella, no podía hacerle aquello.

—¡Dinos la verdad! —ordenó Ian, perdiendo ligeramente la compostura.

—Tranquilízate —lo relajó Natalie—. Nadie puede resistir el detector de mentiras del señor Chen.

—¿Qué sabes de los Holt? —persistió Ian.

Dan no vio ningún problema en responder.

—Han puesto muy nervioso al tío Alistair. Dice que han descubierto algo que nadie más sabe.

—¿El qué? —insistió Ian, enfurecido.

Su hermana era más paciente.

—Si lo supiese, obviamente no sería algo que nadie más sabe.

—Muy gracioso —murmuró Ian—. ¡No será tan divertido si perdemos ante esa panda de gorilas! ¿Os imagináis un mundo dirigido por ellos?

Natalie suspiró.

—Supongo que tendremos que cachear a este granuja, por si acaso. Y yo sin mi antipulgas...

Sin embargo, aparte de un inhalador, un puñado de tickets de tres países distintos y un grillo muerto, no encontraron nada.

El señor Chen colocó un pañuelo empapado en cloroformo sobre la boca y la nariz del muchacho. Dan contuvo la respiración y trató de resistirse, pero un fuerte olor a medicamento, algo entre antisépticos de hospital y alcohol desinfectante, se coló por sus fosas nasales. Su visión comenzó a oscurecerse por los bordes, mientras el interior de la furgoneta se alejaba de él.

—No puedo. —Trató de mantenerse despierto, pero no hubo manera. Estaba cayendo.

—Buenas noches —susurró Natalie.

Un último pensamiento asaltó a Dan antes de cerrar los ojos:

«Nunca me había dado cuenta de lo mucho que se parece a su madre».

Saladin saboreaba con satisfacción un pan de gambas mientras Nella lo llevaba a través de la plaza de Tiananmen hasta el punto de encuentro frente a la Puerta de la Paz Celestial.

Localizó a Amy y comenzó a caminar directa hacia ella.

—He encontrado un hotel bastante cerca de la calle principal... cuyo nombre no puedo pronunciar. No es muy lujoso, pero el cocinero del restaurante no está nada mal. Y hace una sopa nido de pájaro para chuparse los dedos. —Buscó a su alrededor—. ¿Dónde está Dan?

La expresión de Amy era trágica.

—Se ha ido.

—¿Qué quieres decir con que «se ha ido»? ¿Adónde se ha ido?

Amy se encogió de hombros abatida.

—Hemos tenido una discusión muy acalorada y se ha marchado.

Nella suspiró con resignación.

—¡Salvadme de estos Cahill! No era suficiente con que tu familia estuviese en un constante estado de guerra; tenías también que enfrentarte con tu hermano.

—Lo siento —murmuró la muchacha. Tuvo que contenerse para no contarle los detalles del altercado con su hermano. No era que fuese a cambiar nada, pero la idea de que alguien más lo supiese tal vez le hiciese sentirse menos sola.

Por otro lado, ¿por dónde iba a empezar a describirlos? Los

sentimientos sobre papá y mamá eran demasiado personales y dolorosos. Además de unos cuantos recuerdos polvorientos, todo lo que les quedaba de sus padres era el alivio de que Hope y Arthur habían sido buenas personas. Si perdían eso...

Estaba claro que Dan no podría soportarlo.

Sus palabras volvieron a perseguirla. Había sugerido que deberían estar agradecidos de que sus padres estuviesen muertos.

Aquello era muy violento. Fuese verdad o no, era muy cruel decir algo así, muy del estilo Madrigal.

«Todo esto es sólo culpa mía; es culpa mía que se haya marchado.»

Tragó saliva.

—No creo que se haya ido muy lejos, ¿verdad?

—Echemos un vistazo por la plaza —decidió Nella.

Buscaron durante dos largas horas. Dan no aparecía por ninguna parte.

—¡Voy a matarlo! —amenazó Amy—. ¡Está haciendo esto a propósito para volverme loca!

El rostro de Nella palidecía cada vez más mientras observaba a la multitud.

—¿Dónde puede estar?

—Miau —añadió *Saladin*, mordaz.

La niñera miró al gato, irritada.

—¿Cómo puedes pensar en comer en un momento como éste? Hemos perdido a Dan.

—Nunca subestimes la capacidad de Dan de desaparecer sólo para hacerte la vida imposible —aconsejó Amy.

Nella estaba más seria.

—No puede ser. No tiene dinero chino ni ropa para cambiarse ni un lugar donde dormir... Ni siquiera tiene su portátil, y ya sabes cuánto le gusta. He de admitir que estoy preocupada.

—Los animales tienen un buen sentido del olfato —sugirió Amy—. Quizá *Saladin* pueda actuar como un sabueso. —Se sacó el cinturón de los vaqueros y lo enroscó en el collar del gato, a modo de correa improvisada. Después sacó la pieza de seda que Dan había metido debajo de su camiseta y se la dio a oler al minino—. Vamos, *Saladin*, encuentra a Dan.

Nella dejó al animal sobre la acera y el mau egipcio salió disparado a través de la plaza. Se movía tan rápido que las chicas tenían que correr para mantener su ritmo.

—¡Buen chico! —animó Amy—. ¡Ha encontrado el rastro!

La gente los miraba con curiosidad: dos occidentales corriendo detrás de un gato sujeto con una correa... El trío dejó la plaza de Tiananmen y se dirigió hacia el este por Dong Chang'an Jie. Entonces el destino de *Saladin* se vio con claridad. Los llevó directamente hasta el vendedor ambulante de bollos. Allí, se puso a la cola detrás del cliente que estaba siendo atendido, a esperar su turno.

Nella chasqueó la lengua en señal de desaprobación.

—Para ser un gato, eres bastante cerdo.

—¡Miau!

Finalmente, Amy consiguió librarse de su irritación momentánea y comprendió la magnitud del problema.

«Algo le ha pasado a Dan.»

CAPÍTULO 7

Primero sintió un dolor de cabeza horrible. Un martilleo incesante detrás de su ojo derecho. Toda la habitación parecía zumbar siguiendo el ritmo de su dolor... Un momento, más bien debía ser que su dolor zumbaba con la habitación.

¿Qué era aquel ruido?

¿Y por qué se movía su cama?

Se sentó de golpe y casi se cae al suelo de la fábrica desde la cinta transportadora, que estaba a quince metros de altura.

«¿Qué narices...?»

Entonces lo recordó todo: los Kabra lo habían raptado e interrogado y, después, lo habían dormido con cloroformo. Probablemente lo hubieran dejado allí, ¡en una de las fábricas que convertían a China en el motor industrial del mundo entero!

El muchacho estudió la situación. Delante y detrás de él, en la cinta transportadora, había unas grandes planchas de plástico multicolor. Unos diez metros más adelante, las piezas iban cayendo en una tolva que alimentaba una gigantesca máquina de sellado que había debajo. Cuanto más se acercaba, más fuerte era el ruido. Los dientes le castañeteaban tanto que parecía que se iban a deshacer en pedacitos.

Una taquicardia lo despertó completamente de su somnolencia.

«¡Van a sellarme en el catálogo de ofertas especiales de un supermercado!»

La única forma de escapar de la cinta transportadora era saltando desde una altura de unas cuatro plantas. No tenía sentido gritar pidiendo ayuda. Era imposible que alguien lo oyera con el jaleo de las máquinas. ¡Tenía que encontrar el modo de detenerlo todo!

Se levantó de un salto y echó a correr en sentido contrario a la cinta transportadora. Cada vez que se cruzaba con una lámina de plástico, la metía bajo la cinta, con la esperanza de interrumpir su funcionamiento. Al principio no logró resultado alguno, pero decidió que no iba a desesperar. La enorme máquina nunca se quedaría sin plástico, pero él tampoco iba a quedarse sin energía para atascar la cinta transportadora.

«¡Si me detengo, acabaré en las entrañas de esa máquina!»

Cuando sintió el primer tambaleo, se animó tanto que encontró la fuerza suficiente para imprimir mayor velocidad a sus esfuerzos. El olor a goma quemada comenzó a extenderse. La cinta se movía tanto que el muchacho tenía dificultades para mantener el equilibrio. El humo comenzó a rodearlo y el sistema de aspersores automático entró en funcionamiento. Poco después, la atorada cinta transportadora se detuvo y la máquina de sellado se silenció.

Un grito de alegría se ahogó en la garganta de Dan cuando vio a una docena de empleados de la fábrica escalando hacia él por un sistema de pasarelas.

Ahora que la cinta se había parado, pudo ver que había una forma alternativa de bajar, a través de la propia máquina. Un sistema de agarres y escaleras para los trabajadores de mantenimiento trazaba una ruta por un lateral de acero. Corrió hasta el final de la cinta y se lanzó a un anillo metálico. Desde allí, fue como descender la pared del rocódromo del centro social, allá en Massachusetts... Lo único que tenía que hacer era mirar bien adónde se agarraba.

Cuando saltó al suelo, casi tropieza con una enorme pila de productos de la fábrica ya terminados: un soporte mecánico para piruletas con una figura en la base. Todo aquel equipo, aquellos trabajadores y aquel gigantesco complejo industrial, sólo para unos caramelos. Increíble.

Cogió uno de ellos y casi le da un pasmo al ver el personaje que aparecía en el envoltorio: nada más y nada menos que su primo Jonah Wizard, otro de los Cahill. Una estrella de la televisión, una figura del hip hop y uno de sus rivales en la búsqueda de las 39 pistas. La cara sonriente de Jonah aparecía con frecuencia en pósters, revistas, figuras de acción, dispensadores de caramelos, fiambreras y ahora soportes motorizados para piruletas. No había forma de librarse de él.

Presionó el pequeño botón de la base. El caramelo comenzó a girar y la voz metálica de Jonah anunció: «¿Cómo lo llevas, tío?».

Esas palabras grabadas resultaron ser la perdición de Dan. Un agitado capataz lo agarró del brazo. Y pocos segundos después, estaba rodeado por una pequeña armada de trabajadores furiosos que le gritaban cosas en chino.

Chupó el caramelo y trató de hacerse pasar por un turista.

—Mmm... De uva. ¡Mi favorito!

El capataz le habló con un acento muy marcado:

—¿Qué has hecho, niño? ¡Lo has averiado todo!

—Revisad la parte superior de la cinta transportadora —aconsejó Dan—. La cinta se ha atascado un poco. Os debe de pasar con frecuencia, ¿no?

—¡Nunca había sucedido hasta hoy! —exclamó el emplea-
do—. ¡Has arruinado un registro perfecto justo cuando teníamos una visita tan importante!

—¿Cómo lo llevas, tío? —se oyó la voz de Jonah Wizard
otra vez.

Dan miró el aparato que tenía en la mano. No había pulsa-
do ningún botón...

La furiosa multitud se alejó y rodeó al recién llegado.

Dan puso unos ojos como platos. Era el verdadero Jonah
Wizard en persona, que estaba visitando la fábrica donde se
hacían sus piruletas. Ahora ya entendía por qué los Kabra lo
habían dejado allí. No sólo era un mensaje para Dan, sino
también para Jonah. Recordó las palabras de Natalie: «Nosotros estamos en todas partes».

Los ojos de la estrella del hip hop se salieron de sus órbitas
al ver a Dan. Medio paso detrás de él, su omnipresente padre
escribía un mensaje en su móvil.

—¡Señor Wizard! —exclamó el capataz—. ¡Miles de discul-
pas! Este despreciable niño ha averiado la máquina...

—Relájate, hombre. —De alguna forma, Jonah siempre se
las arreglaba para infundir su jerga callejera con una relajada
simplicidad, casi campechana. Era la estrella del hip hop más
sencilla del mundo—. Ese niño es mi primo. Yo le pedí que se
reuniera aquí conmigo. Ha sido culpa mía.

Dan frunció el ceño mientras suspiraba aliviado. La última
vez que Amy y él se habían cruzado con su primo, el muy imbécil los había abandonado en una isla infestada de cocodrilos en medio del Nilo.

—¿Dónde están tu hermana y tu niñera? —preguntó Jonah.

—Cuidadora —corrigió Dan—. Nos hemos... separado.

Jonah se encogió de hombros.

—No hay problema. La televisión china nos ha dejado una limusina para que la usemos mientras estamos en la ciudad. Le diré al chófer que te lleve a tu hotel. —Notó el inquieto rubor en las mejillas de Dan—. Entiendo. Estás perdido y no sabes dónde encontrarlas.

—Puedo cuidar de mí mismo —respondió Dan.

—Sí, claro —confirmó Jonah—. Pero ¿por qué ibas a tener que hacerlo? Somos familia, yo te echaré una mano.

—¿Una mano igual que la que me echaste en Egipto? —replicó Dan.

La estrella parecía avergonzada.

—Me arrepiento de eso. No estuvo bien, pero, en serio, no estaba intentando mataros. Sólo quería retrasaros un poco.

—Más bien intentabas convertirnos en pienso para cocodrilos.

—Eso no es verdad, colega. Pensé que tú y tu hermana sabríais qué hacer con unos cuantos cocodrilos. —Jonah entendió la expresión cautelosa del rostro de Dan, después se dirigió a su padre—. Papá, haz que nuestra gente llame a todos los hoteles. A ver si encuentran a Amy Cahill y... y...

—Nella Rossi —añadió Dan.

—No te preocupes, primo —lo tranquilizó Jonah—. Las encontraremos. Mientras tanto, puedes quedarte con nosotros.

Dan se lo pensó dos veces. Dudaba que Amy y Nella estuvieran aún en la plaza de Tiananmen y no tenía ni idea de dónde se alojaban. «Ahora mismo, el señor Wizard tiene más posibilidades de localizarlas que yo...»

Los aspersores ya se habían apagado y los trabajadores estaban reparando la cinta transportadora. Dan dejó que Jonah lo llevase de visita por la fábrica, cada uno con su piruleta motorizada en la mano.

Después de la ronda por las instalaciones, se subieron a la enorme limusina y se fueron al gigantesco centro comercial Lufthansa Amistad.

Cuando los empleados vieron a la estrella internacional de televisión en su establecimiento, cerraron la tienda e iniciaron una sesión de firma de autógrafos. Un gran número de clientes y trabajadores se pusieron a la cola para disfrutar del privilegio de dar la mano a Jonah y sacarse una foto con él. A algunos se les trababa la lengua tratando de entonar sus rimas.

Finalmente, Jonah cerró el grifo de saludos y fotos.

—¡Gracias por vuestro cariño! Pero ahora voy en busca de los vaqueros más modernos de China, y a por camisetas también. Sumerjámonos en la locura de la moda. —Se dirigió a Dan—: ¿Qué talla usas, primo?

Dan estaba petrificado.

—¡No puedo comprarme nada en un sitio como éste!

—Esto corre de mi cuenta —respondió Jonah—. Cuando te juntas con los Wiz, tienes que seguir la onda Wiz.

Dan tenía sus dudas. ¿Estaban sobornándolo?

—No sé cuándo podré devolverte el dinero —dijo, con precaución.

—No hay problema. Me gustaría compensarte por lo de los cocodrilos. Y luego cuando encontremos a tu hermana, estaremos en paz.

Cuando abandonaron el centro comercial de la Amistad, Dan resplandecía con sus nuevos vaqueros de diseño que costaban más que una televisión de plasma, sus botas de béisbol firmadas por Yao Ming y una camiseta de seda de edición limitada en la que, según el vendedor, iba escrito en chino el nombre de una de las marcas más de moda.

Cuando volvieron a la limusina, una muchacha joven que

iba por la calle se paró a pedirle un autógrafo a Dan. Él se sintió algo avergonzado por estar tan complacido.

Jonah sonrió como un padre orgulloso.

—Ya le has cogido el tranquillo —lo felicitó, satisfecho—. Empezarás a vivir como una estrella del rock en un abrir y cerrar de ojos.

Dan se dirigió al señor Wizard:

—¿Ha habido suerte en la búsqueda de Amy y Nella?

—No están en los hoteles principales —respondió Broderick Wizard—. Pero no te preocupes: hay cientos de hostales y albergues en Pekín y sus alrededores. Las encontraremos.

Dan echó un vistazo por la ventana del coche. Se estaba haciendo de noche. Se preguntaba qué estaría haciendo su hermana en ese mismo instante. ¿Estaría preocupada por él? ¿O pensaría que no era problema suyo y que él tendría que apañárselas para encontrarlas, ya que había sido él quien se había marchado?

«Probablemente aún esté enfadada. Casi le corto la cabeza en la plaza de Tiananmen... Tal vez debería haberlo hecho.

»¿Y Nella, qué? Seguro que en su manual de cuidadora hay alguna regla en contra de que los niños paseen a sus anchas y completamente solos por una megaciudad de China.»

A nadie le apetecía salir a cenar fuera, así que el séquito de los Wizard contrató al cocinero jefe del restaurante del hotel para que subiese a su impresionante suite y les hiciera la cena.

Después, vieron películas de pago en el *home cinema* privado del hotel mientras Jonah autografiaba una pila de fotografías publicitarias suyas.

Dan se imaginó a varios niños fanáticos de todo el mundo recibiendo una carta de su ídolo.

—Me parece genial que respondas cada una de las cartas de tus fans.

Jonah era la modestia personificada.

—Hubo un tiempo en el que las entradas de mis conciertos no se vendían en menos de ocho minutos y mi programa no salía por la tele. Los *paparazzi* son lo peor, pero que nadie quiera una foto tuya es mucho peor todavía. Lo hago por los fans. (Ellos) me dieron lo que tengo... y también se lo pueden llevar —explicó, lanzándole el mando de la videoconsola—. ¿Te gustan los videojuegos, primo?

—¡Pues claro! —exclamó Dan. No jugaba a la consola desde antes del funeral de Grace.

Después de herir a muchos soldados, matar cientos de dragones, desintegrar otras tantas naves espaciales y destrozar montones de coches policiales, Dan y Jonah soltaron los mandos tras un maratón mano a mano que duró hasta bien entrada la noche.

«¡Qué raro!», pensó Dan... Jonah Wizard era totalmente lo opuesto a él. Era rico y Dan estaba siempre a dos velas. Jonah era famoso y él, un don nadie. Sus padres eran gente importante, pero Dan era huérfano. La televisión, las compañías de discos y, desde la distancia, la rama Janus, todos apoyaban a la estrella. ¿Y Dan? Él nunca había estado tan solo.

Aun así, pasar el rato jugando a la consola era lo más normal que Dan había hecho desde el inicio de la competición.

—Parece que esta noche te quedas con nosotros —anunció Jonah, apagando la consola—. Mañana encontraremos a tu hermana.

Entonces Dan volvió a la tierra de golpe.

—¿Tu padre no ha averiguado nada?

—No, de momento —admitió Jonah—. Aquí todos los ordenadores tienen teclados con caracteres chinos. No sé cómo se las arreglarán los empleados del hotel para teclear un apellido como Cahill o Rossi. Y lo de los teléfonos móviles es un problema gordo.

—Tal vez deberíamos dejar un mensaje —sugirió Dan, esperanzado—. Es posible que intenten llamar al contestador desde un teléfono público o algo así.

—Ya lo hemos hecho —confirmó su primo—. Si tu hermana te está buscando, sabrá dónde encontrarte.

Dan lo miró sorprendido.

—¿Crees que no está buscándome?

—¡Claro que te está buscando! ¡No tengo ninguna duda! Estoy... casi seguro. —Los famosos ojos inspeccionaron a Dan—. ¡Papá! —Jonah llamó a su padre—. Busca una habitación para mi amigo. Y que no sea de las baratuchas. Quiero que tenga un catre de lo mejorcito, ¿entendido?

Más tarde, Dan estaba tumbado entre las sábanas de seda de su propia suite y saboreando el caramelo de menta que había encontrado sobre su almohada. «De lo mejorcito» era la mejor forma de describirlo: un hotel de cinco estrellas, decoración exclusiva, pantalla de plasma de sesenta pulgadas... Debía de costar una fortuna. Lo único que no tenía...

Echaba de menos el sonido de la respiración de Amy. Siempre un poquito acelerada por los sueños nerviosos de una campeona del mundo en preocupaciones. Pero muy silenciosa, casi no se podía oír. Aunque para su hermano, era tan inconfundible como una sirena de la policía.

Amy... ¿estaría bien?

«Si a mí me raptaron, es posible que ella también esté en peligro...»

El rapto de Dan había corrido a cargo de Ian y Natalie. Los

niños Kabra ya eran bastante malvados, pero ¿y si su madre se había encargado personalmente de visitar a Amy? Isabel... la asesina.

«No seas crío, todo saldrá bien. Ya has oído a Jonah: encontrarán a Amy mañana.»

A Dan le pasó por la mente la posibilidad de que, si los Kabra habían usado la fuerza bruta para raptarlo, tal vez los Wizard estuvieran usando la vida lujosa para tratar de hacer exactamente lo mismo.

«Pero si eso fuese así, ¿por qué iban a dejar que me quedase en mi propia habitación, de la que puedo marcharme cuando quiera?»

Se levantó, abrió la puerta y miró a ambos lados del largo pasillo. Broderick Wizard no vigilaba su suite mientras escribía mensajes, y tampoco había ningún esbirro de la compañía de discos. Podría marcharse cuando quisiera... si tuviera adónde ir.

¿De verdad era tan difícil creer que Jonah se hubiese arrepentido realmente de lo de los cocodrilos y estuviese tratando de compensarlo?

Cuando se embarcaron en la competición, William McIntyre, el abogado de Grace, había dicho textualmente: «No os fiéis de nadie». Aun así, Jonah había sido extraordinariamente amable con él. Y la última vez que había visto a Amy, ella lo había bombardeado con horribles acusaciones acerca de sus padres. Si alguien se merecía que no confiasen en ella, ésa era Amy.

Por lo que Dan sabía, seguro que su hermana estaba encantada de haberse deshecho de él. Dudaba mucho que ella hubiera vuelto a pensar en él desde el momento en que abandonó la plaza de Tiananmen para salir de su vida.

CAPÍTULO 8

Amy apenas consiguió pegar ojo.

La mezcla de preocupación y desfase horario era un brebaje tóxico que la había mantenido toda la noche mirando fijamente la pantalla LED del despertador que tenía en la mesita de noche. Cada vez que se fijaba en los números que marcaba el reloj, comprobaba que ni siquiera habían pasado diez minutos desde la vez anterior.

En la otra cama, Nella tampoco conseguía descansar. Soñaba agitadamente y murmuraba entre susurros. Incluso *Saladin* parecía inquieto: había escupido ya tres bolas de pelo esa noche.

Eran más de las cinco cuando, finalmente, Amy cayó rendida en un sueño profundo. Las pesadillas sobre su hermano deambulando por las penumbras de una oscura plaza de Tiananmen se apoderaron de su mente. Él no sabría en qué otro sitio buscarla. ¿Y dónde estaba ella? A salvo en su cama.

Los insistentes susurros de Nella penetraron en su ensoñación.

—... en Rusia me dejaron atrás a propósito. Pero esto es diferente. Dan sabía que estábamos esperándolo en la plaza y no regresó...

Amy se incorporó.

—¿Con quién hablas?

Sobresaltada, Nella colgó el teléfono de golpe.

—Con tu tío Alistair —respondió apresuradamente—, pero se ha cortado la llamada.

Amy frunció el ceño.

—No te ofendas, pero eso no es cosa tuya. No queremos tener nada que ver con Alistair. Él estaba allí la noche que mataron a nuestros padres.

Nella insistió.

—Eso fue en el pasado, y esto es el presente. Vosotros sois quienes participáis en la búsqueda de las pistas, de acuerdo, pero cuando uno de mis dos niños desaparece, entonces no me queda más remedio que entrar en acción. ¿Tú hablas chino? Pues yo tampoco. Y necesitamos a alguien que lo hable, por si se oyen rumores en la ciudad sobre un niño estadounidense que se ha perdido.

Amy asintió, escarmentada.

—Llámalo de nuevo. Gracias, Nella.

Acordaron reunirse con Alistair en el hotel Imperial media hora más tarde. Mientras salían por la puerta, dejando a *Saladin* dormido sobre una almohada, una persistente duda taladraba la mente de Amy. Si Nella acababa de telefonear a Alistair, ¿por qué había tenido que buscar el número de teléfono en la agenda del móvil?

—Amy, Nella.

Alistair se puso en pie cuando las vio acercarse a su mesa y, elegantemente, esperó a que se sentasen antes de volver a acomodarse él mismo. Tal vez fuese un traidor como el resto de los Cahill, pero sus modales eran impecables.

—Me he tomado la libertad de pedir el desayuno. Por favor, servíos.

Amy y Nella empezaron a comer con voracidad. Con la agitación por la desaparición de Dan, se habían saltado la cena.

—Amy, debes de estar desesperada —opinó Alistair, con un tono preocupado y compasivo al mismo tiempo—. Dan perdido en Pekín. Todas las personas que os quieren estarán sin duda tan afectadas como yo mismo.

Amy apretó los labios.

—¿Cuánto nos querías cuando fingiste tu propia muerte en Corea?

El tío Alistair no se disculpó.

—Eso era diferente. Había una pista de por medio. Nosotros los Cahill estamos destinados a servir a dos amos: nuestra humanidad y las 39 pistas.

—¿Y si también aparece una pista en esta ocasión? —interrumpió Nella muy acertadamente.

—Dan es muy importante para mí, tanto como para ti —insistió él, con un gesto convincente—. ¿Dónde lo visteis por última vez?

—En la plaza de Tiananmen —respondió Amy, tratando de pronunciar el nombre con la boca llena—. Al lado de la Puerta de la Paz Celestial. Tuvimos una discusión y él se marchó de allí y no volvió.

El anciano estaba asombrado.

—Pero si tú y tu hermano estáis muy unidos. ¿Por qué motivo discutíais?

El rostro de Amy parecía avergonzado.

—Hablábamos de la noche en que murieron nuestros padres, del incendio que provocó Isabel y del resto de personas que probablemente estaban allí, como tú.

El tío Alistair cerró los ojos durante tanto tiempo que las dos muchachas pensaron que se había quedado traspuesto. Cuando volvió a mirarlas, su rostro parecía más alargado, como si una extraña gravedad estuviese tirando de él.

—Si pudiera volver al pasado y cambiar una sola hora de mi vida, sin duda sería ésa —admitió, con la voz ronca—. Dos magníficas vidas extinguidas, dos preciosos niños que se quedaban huérfanos. Una terrible calamidad.

—¡Una calamidad! —Amy se inclinó hacia delante—. ¡Hablas como si se tratase de un accidente! ¡Isabel quemó nuestra casa!

El rostro de Alistair mostraba dolor, como si el recuerdo fuese una tortura física.

—¿Quieres saber la verdad?

—¡Tengo toda la verdad que necesito! —exclamó ella, furiosa—. ¡También quemó tu casa en Java, y ahora Irina está muerta! ¡Exactamente lo mismo que hizo hace siete años!

Alistair asintió trágicamente.

—Todos sabíamos que Isabel era despiadada. Debería haber previsto que ella estaba dispuesta a asesinar. Tal vez por eso siempre he sentido una responsabilidad especial hacia ti y tu hermano... y por eso su desaparición me afecta tanto.

No era que Amy no tuviera nada que añadir a eso. Simplemente no sabía si sería capaz de hablar sin derrumbarse. Era como si el silencio fuese lo único que mantenía su cabeza en su sitio.

Nella la rodeó con un brazo.

—Sé que esto es muy importante para ti, pero ahora tenemos que concentrarnos en Dan.

—¿Cómo puedo ayudaros? —ofreció Alistair.

Nella sacó una pila de periódicos de Pekín de un enorme bolsón y los dejó caer pesadamente sobre la mesa, frente a él.

—Échales un vistazo. Busca cualquier dato sospechoso: niño estadounidense perdido, joven turista con problemas, niño durmiendo en el metro... ese tipo de cosas. Escucha la radio y también las noticias de la televisión.

—¿Y si vamos a la embajada? —sugirió Alistair.

—¡A la embajada no! —exclamó Amy—. Al menos no por el momento. ¡Los servicios sociales nos están buscando! Si introducen nuestros nombres en un ordenador, estaremos fuera de juego.

—El juego —repitió Alistair cuidadosamente—. Querida niña, espero que no pienses que voy a utilizar esta terrible situación para que me reveles tus secretos. Sin embargo, si supiese en qué estabais trabajando...

—¿Es que los Cahill nunca desconectáis? —interrumpió Nella enfurecida—. ¿Te crees que somos estúpidas? ¡Un niño ha desaparecido y tú te aprovechas de las circunstancias para sacarnos información!

—No pasa nada —decidió Amy—. Tal vez Dan haya seguido investigando las pistas con la idea de encontrarnos por el camino. —Abrió la mochila, sacó de su interior el paño de seda que Dan había hallado en la Ciudad Prohibida y lo extendió sobre la mesa.

Alistair se incorporó, tieso de la emoción.

—¿Dónde habéis conseguido esta pieza? ¿En el Palacio Imperial?

Nella respondió:

—Confórmate con mirarlo. ¿Qué sabes sobre esto?

El anciano estaba realmente impresionado. Señaló el sello de la esquina inferior.

—Eso es, sin duda, la rúbrica del mismísimo Puyi, el último emperador de China.

—¡Así que es verdad! —suspiró Amy—. La dinastía de los Qing era Cahill.

Alistair asintió.

—Las ramas asiáticas de la familia lo saben desde hace tiempo. Empezó con el emperador Qian Long, que ascendió al trono en 1736. Su madre estaba relacionada con los Janus de Manchuria.

—Pero Puyi sólo reinó hasta que cumplió los seis años —reflexionó Amy—. Esto no es el trabajo de un niño tan pequeño ni de broma.

—Ya no era emperador cuando lo escribió —confirmó Alistair—, pero le permitieron llevar una vida de emperador hasta que cumplió los dieciocho años. Como sus ancestros Qing, luchó por el arte y, por lo que sabemos ahora, también por las 39 pistas.

Amy señaló la «ecuación» de símbolos Cahill.

—¿Qué opinas de esto?

—Creo que la expresión habla por sí sola. Las ramas Lucian, Janus, Tomas y Ekat componen nuestra familia.

—Y si es algo tan obvio, ¿por qué lo trata entonces como un gran secreto? —insistió Amy.

Alistair evitó los ojos de la joven y se centró principalmente en el mensaje chino del paño.

—Esta parte parece un poema. Dice así:

> Aquello que buscas
> lo tienes en la mano.
> Se fija eternamente al nacer,
> donde la tierra toca el cielo.

—Vaya, eso lo explica todo —añadió Nella con sarcasmo, mientras apuntaba la traducción en una servilleta.

—Menudo poema —se burló Amy—. Ni siquiera rima.

El anciano la miró perplejo.

—Estoy seguro de que ya sabes que la poesía admite los versos libres.

—Lo sé —respondió Amy, conmovida—. Pero eso es probablemente lo que habría dicho Dan, si estuviera aquí.

Se quedaron todos callados.

Alistair rompió el melancólico silencio.

—Pongámonos a trabajar, entonces. —Examinó en primer lugar los titulares del *Diario de Pekín* y después abrió el periódico por la segunda página.

Un rostro famoso les ofreció una sonrisa.

—¡Jonah Wizard! —exclamó Amy—. ¿Por qué sale tanto en la prensa este idiota?

Alistair analizó el artículo.

—Al parecer, nuestro rival Janus está también en Pekín. Dará un concierto de rap esta noche en el Nido de Pájaro.

—Recuerdo ese estadio por las Olimpiadas —señaló Nella—. No creo que un muchacho que tenga tan poco talento como él consiga llenarlo. Creo que caben en él unas ochenta mil personas.

—Y nosotras seremos dos de esas personas —anunció Amy.

Nella hizo una mueca.

—¿Por qué iría un niño desaparecido a un concierto de hip hop?

—Piénsalo, Nella, no conoce el idioma, no tiene dinero, no puede ir a la embajada y no puede encontrarnos. Jonah es una cara familiar para él.

Alistair frunció el ceño.

—Todos estamos ansiosos por encontrar a Dan, pero eso me parece poco probable. No tiene mucho sentido ir allí.

—Tal vez —respondió Amy—, pero no hacerlo tiene mucho menos sentido aún.

CAPÍTULO 9

Entre bastidores, el sistema de sonido del Nido de Pájaro era demoledor. Los golpes de la batería eran como proyectiles de artillería. El estadio estaba a rebosar. El público entusiasmado vitoreaba a la estrella y pedía bises. Ochenta y una mil personas frenéticas y entregadas hacían vibrar las entrelazadas ramitas de acero del estadio más famoso del mundo.

Dan nunca había apreciado demasiado a Jonah, ni como persona ni como celebridad. Pero estaba claro que la estrella sabía cómo conectar con su público, incluso aunque fuera una masa de gente como aquélla, que apenas entendía su idioma. Él evocaba con sus rimas igual que Zeus lo hacía con sus rayos. Además, al dirigirse a la multitud con aquel estilo suyo tan sensato, de alguna forma el concierto se convertía en algo íntimo, como si cada una de las ochenta y una mil personas estuviese disfrutando de un momento personal con la superestrella. Aquel muchacho era electrizante.

Agarrado a su pase entre bastidores, Dan se quedó junto al padre de Jonah y varios de sus técnicos de sonido, guardaespaldas y periodistas musicales. No pudo evitar preguntarse por qué un niño tan famoso se preocuparía tanto por las 39 pistas. ¿Quién necesita convertirse en la persona más poderosa de la historia cuando ser famoso es tan increíblemente maravilloso? Jonah lo tenía todo: dinero, fama, chicas que lo adoraban... Ni siquiera la familia Cahill tenía algo que ofrecer que se pudiera comparar con aquello.

Unos pocos metros más allá, el teléfono del señor Wizard se encendió como una bengala y él respondió una llamada urgente.

Dan lo miró entusiasmado.

—¿Es por lo de mi hermana? ¿Habéis encontrado su hotel? —Necesitó rodear su boca con las manos en forma de embudo y gritar directamente en la oreja del padre de Jonah.

—¡No... no ha habido suerte en eso! —respondió él—. ¡Pero esto es una emergencia! Los fans han llegado hasta el túnel del camerino. ¡Los guardias de seguridad dicen que hay cientos de ellos! ¡No va a ser fácil sacar a Jonah de aquí! ¡Vamos!

Dirigió a Dan y a los guardaespaldas a través de una pesada puerta en la que colgaba una señal de «Acceso Restringido» escrito en una docena de idiomas. Ahora estaban en las verdaderas entrañas del Nido de Pájaro, en los pasadizos que nadie había llegado a ver por televisión durante los Juegos Olímpicos. Navegaron por la red de túneles de cemento subterráneos, entrecerrando los ojos para protegerse del brillo de las luces fluorescentes. Después de varios giros fueron a parar al pasillo principal, donde reinaba el caos.

Quinientos fans de Jonah Wizard totalmente desenfrenados y apretujados como si estuvieran en una lata de sardinas gritaban mientras trataban de vislumbrar fugazmente a la estrella. En sus manos levantaban carteles en varios idiomas con mensajes como «Cásate conmigo, Jonah», «Quiero ser tu gángster» y «El año Wiz». El interminable canturreo de «¡Jo-nah! ¡Jo-nah!

¡Jo-nah!» rivalizaba con los gigavatios del sistema de sonido del estadio.

Broderick y los guardias de seguridad formaron una pared humana con la intención de apartar a los fans. Dan se unió a ellos.

Un puñado de billetes chinos le cayó en plena cara. Los había lanzado una niña aún más joven que él.

—¡Tengo que conocerlo! ¡Aunque sólo sea un beso! —chilló la muchacha, que tenía la cara más roja que un tomate pasado de lo emocionada que estaba.

Un avión de papel pasó volando entre la multitud y chocó contra la cabeza de Dan. Lo desdobló y se rió como un bobo. En el folio había unos labios rosa junto a un número de teléfono de Pekín.

En ese momento, no le habría importado que Amy, Nella y la caza de pistas estuvieran a un millón de kilómetros de distancia.

Amy y Nella estaban a menos de treinta metros, en el borde de la creciente muchedumbre.

—¡¿Sabes?, todo esto me trae recuerdos! —gritó Nella, preparándose para empujar entre el mar de gente—. Green Day en Fenway Park, verano de 2005. Le arreé un guantazo a un gorila distraído y conseguí que Billie Joe Armstrong me autografiase la frente. No me lavé la cara en un mes.

—¡Pero ¿cómo vamos a llegar hasta Jonah para preguntarle si ha visto a Dan?! —gritó Amy desesperada—. ¡No creo que podamos distraer a toda esta gente y luego darles un par de tortas!

De repente, la voz de Jonah atravesó los túneles subterráneos del Nido de Pájaro.

—¡Buenas noches, Pekín! ¡Sois la bomba! ¡Palabra de honor!

El estadio vibró con los aplausos. En el pasillo, el ya cargado ambiente se había vuelto crítico. Los gritos cesaron, ya no se oían aplausos y las pancartas estaban por los suelos. Quinientos fans enloquecidos dirigieron toda su energía a empujar.

Frente a ellos, Dan, Broderick Wizard y los guardias de seguridad tenían cada vez más dificultades para impedir el avance del gentío. Incluso Jonah, que siempre se relacionaba con sus frenéticos admiradores fuera donde fuese, estaba alarmado por la ferocidad de la avalancha.

—¡Salgamos de aquí! ¡Son todos unos psicópatas!

Salió corriendo de su camerino hacia la salida de emergencia.

Entonces Dan cometió su primer fallo. Perdió de vista a la multitud al volverse hacia Jonah. La niña que había lanzado antes el dinero saltó sobre él y se subió a su espalda, tapándole los ojos. El joven se tambaleó hacia atrás y la muchedumbre se coló por el hueco que se había abierto en la fila.

Cuando la gente comenzó a avanzar, desbordándose hacia el interior como una enorme ameba, Nella agarró con fuerza a Amy y se abrió paso entre el caos.

Amy la siguió, tropezando con los fans que se habían caído, con una confianza ciega en la niñera. Si Amy se hubiera molestado en mirar al suelo en lugar de buscar a Jonah por todas partes, habría visto que había estado a punto de pisar al preciado hermano al que tan ansiosamente deseaba encontrar.

Nella y Amy continuaron avanzando después de dejar atrás a Dan, siguiendo la estampida.

—¡Más rápido! —gritó Amy.

Nella se detuvo y apuntó como un perro pointer. La manada

se abalanzaba sobre el vestíbulo directa al camerino de Jonah, pero los agudos ojos de Nella estaban clavados en la salida de emergencia.

—¿Crees que habrá salido del edificio? —preguntó Amy, entre jadeos.

—Para conseguir que Billie Joe Armstrong te autografíe la frente, tienes que seguir tus instintos —respondió ella—. ¡Vamos!

Salieron corriendo por la puerta y se encontraron con una limusina Hummer aparcada junto al bordillo. La ventanilla estaba bajada y pudieron ver al mismísimo Jonah Wizard en su interior, bebiendo agua de una botella.

A Amy le pareció un buen momento para charlar.

—Jonah, ¿has tenido noticias de Dan?

Jonah parecía sorprendido.

—¿Dan, tu hermano? ¿Y por qué iba a llamarme?

Esas simples palabras cayeron como un cañonazo sobre el pecho de Amy. Si Nella no hubiera estado tras ella para sujetarla, probablemente se habría derrumbado allí mismo.

—¿Hay algún problema? —preguntó Jonah, aparentando preocupación.

Amy trató de responder, pero parecía que la conexión entre su cerebro y su boca había sufrido un cortocircuito. Había depositado demasiada esperanza en que Dan se hubiera encontrado con Jonah de una manera u otra. ¡Vaya locura! ¡Era como si hubiera apostado los ahorros de toda su vida en la ruleta, a un solo número! Pero le había salido mal la jugada.

«Se ha ido...»

No se había separado de ellas temporalmente ni había salido a dar una vuelta. Lo habían perdido. Ya habían pasado más de veinticuatro horas. Ya era una verdadera desaparición. Y no tenía ni la menor idea de por dónde comenzar a buscarlo.

—Nos separamos de él —explicó Nella a Jonah—. Y nuestros móviles no funcionan aquí, así que no tiene forma de localizarnos. Pensábamos que tal vez te hubiera encontrado, ya que tú eres el más visible.

Jonah asintió.

—Tiene sentido. Mantendré los ojos abiertos. Aún es posible que acuda a mí.

—Gracias —consiguió responder Amy, haciendo todo lo posible por no llorar—. Sé que no estamos en el mismo bando, pero Dan sólo tiene once años. Este país es inmenso y hay —la imagen de Isabel Kabra se le apareció en la mente— gente muy mala por ahí. Algunas cosas son más importantes que ganar.

—Entiendo... eh... te doy mi palabra. —Los ojos de la superestrella se dirigieron a la salida—. ¿Queréis que os lleve a algún sitio? No me gustaría que os trincase la brigada antidisturbios si la policía decide llamarla.

Las hizo entrar en el vehículo y la limusina se alejó del estadio. Amy y Nella cruzaban el portal de acceso VIP del Nido de Pájaro cuando el objeto de su búsqueda salió por la puerta de emergencia en compañía del padre de Jonah.

No vieron a Dan por tan sólo quince segundos.

La televisión china se había encargado de buscar al cirujano que había puesto los puntos en el horrible corte que Dan se había hecho en la ceja al caer donde aquella niña había iniciado su carrera hacia el camerino.

Jonah se mostraba arrepentido.

—Lo siento, primo. No era mi intención que acabaras en medio de un caos desenfrenado. Es culpa mía.

Dan se golpeó con suavidad las tiritas de sutura que lucía en la frente. En la sala de emergencia de los hospitales había personas normales que, entre ataques de tos, esperaban horas antes de ser atendidas. Cuando uno se codeaba con los Wizard, un doctor privado iba a su hotel a las dos de la mañana. Que le pusieran unos puntos se había convertido en una lujosa experiencia para el muchacho.

—No pasa nada —respondió Dan—. Gracias por el médico.

—Es lo mínimo que podía hacer. Oye, aún no hemos localizado a tu hermana y ésta es nuestra última noche en Pekín.

—¿Os marcháis? —¿Qué iba a hacer Dan sin Amy y sin Jonah? ¿Podría arreglárselas él solo en aquella enorme y extraña ciudad?

Jonah asintió.

—Tenemos que ir a varios sitios, visitar a alguna gente... La cuestión es la siguiente: tú sabes que te las puedes arreglar solo, pero, como primo tuyo, yo no puedo dejarte aquí solo en Pekín. No estaría bien.

—Tengo que encontrar a Amy.

—Cierto —confirmó Jonah—. Pero mira... los dos sabemos la verdadera razón por la que estamos en China, y no tiene nada que ver con programas de televisión ni giras musicales. La siguiente pista está aquí, en alguna parte.

Si había algo para lo que Dan no estaba de humor, era para las 39 pistas.

—¿Y?

—Pues que ya sé que no estamos en el mismo equipo, pero tu hermana está buscando la misma pista que nosotros. La forma más eficaz de encontrarla es continuar con la búsqueda.

No era difícil darse cuenta de que aquello era completamente cierto. Aunque Dan hubiera abandonado la competición, Amy aún seguiría concentrada en la caza.

—Ven con nosotros, primo —añadió Jonah—. La encontraremos juntos, yo me encargo de todo.

Una fría desconfianza le heló las entrañas a Dan. «Yo me he rendido, pero Jonah no lo sabe; para él, yo todavía soy la competencia.»

¿Y si todo aquello no era más que un simple plan? ¿Y si estaban tratando de distanciar a los nietos de Grace Cahill poniendo océanos de por medio? Los cocodrilos del Nilo eran una pequeña contrariedad en comparación con perder a su hermana.

Entonces recordó de nuevo las palabras de McIntyre: «No os fiéis de nadie».

«Sí, un consejo muy útil... He perdido a Amy y estoy sin blanca. ¡Si no confío en alguien, tendré que dormir en la calle!»

Alzó la voz y dijo:

—Es muy arriesgado. Si tú y Amy trabajáis desde ángulos distintos, podríamos acabar a miles de kilómetros de distancia de ella.

—Confía en mí —insistió Jonah muy seriamente—. No te voy a engañar diciéndote que no cabe la posibilidad de que eso suceda. Pero, aun así, tienes más números de encontrarla si continúas la competición que si esperas a cruzarte con ella en una ciudad de casi veinte millones de habitantes.

—Pero ¿y si ella está buscándome aquí?

La estrella movió la cabeza.

—En ese caso ya la habríamos encontrado. Mi padre no es

el único que está en ello... El sistema de relaciones públicas de los Wizard al completo tampoco ha parado un segundo. Es imposible que siga aquí y no la hayan localizado.

Tenía sentido. ¿Por qué iba Amy a perder el tiempo esperándole?

«Probablemente me odie después de lo que pasó en la plaza de Tiananmen...»

—Tienes razón, Jonah. Me quedo con vosotros. ¿Adónde vamos ahora?

—Cambio de planes —respondió la celebridad—. Había planificado un *tour* por la Gran Muralla, pero eso tendrá que esperar. Siento no poder darte todos los detalles, pero se trata de información muy confidencial de los Janus. Un día, cuando descubráis a qué rama pertenecéis, entenderéis cómo es el código de silencio que te obligan a seguir.

—Te comprendo —respondió Dan, ocultando pensamientos oscuros sobre su secreta identidad Madrigal—. Yo tampoco te lo he contado todo.

—En fin, nos vamos a la provincia de Henan, a un lugar llamado Templo de Shaolin. ¿Has oído hablar de él?

Dan tenía los ojos como platos.

—¿Estás hablando del lugar donde se desarrolló el kung fu? ¡Son las mejores técnicas de lucha de todos los tiempos!

—Nosotros los Janus entendemos mucho de eso —prosiguió Jonah—. Me refiero a las artes marciales. No sólo sabemos de pinturas y clavicordios...

—¡Esto va a ser genial! —exclamó Dan—. ¿Está muy lejos? ¿Cómo llegaremos allí?

—La televisión china tiene un jet privado que nos permite utilizar. Cuando se viaja conmigo, se viaja en primera clase.

CAPÍTULO 10

En el restaurante de dim sum, Alistair Oh garabateaba distraídamente en su mantel individual de papel cuando Amy y Nella se unieron a él.

—Bonita caligrafía —comentó Nella.

Sobresaltado, el anciano se levantó de un salto, apoyándose en su bastón, que repiqueteó contra el suelo.

—¡Buenos días!

Las ayudó a sentarse galantemente según la vieja usanza que lo caracterizaba.

—¿Qué pone? —preguntó Amy, sin demasiado interés.

—¿Perdona?

Señaló el símbolo chino de su mantel, que estaba muy bien trabajado a pesar de que Alistair estaba usando un bolígrafo en lugar del tradicional pincel.

—Esa palabra. ¿Qué significa?

—Ah, esto. Pone «encanto» —respondió, con un aire incómodo—. Eso da igual, Amy. ¿Dónde está tu hermano?

—No lo hemos encontrado. —Amy estaba haciendo un gran esfuerzo para mantener la compostura, pero los círculos oscuros alrededor de sus ojos revelaban su gran preocupación—. Estoy a punto de perder los papeles. ¿Y si lo ha encontrado Isabel Kabra? —Isabel, el peor de los panoramas en forma humana.

—Tranquilízate. —Nella la rodeó con un brazo—. Dejarse llevar por el pánico no nos será de ninguna ayuda para encontrar a Dan.

—Isabel no es el problema. —Alistair sostenía un ejemplar del *Diario de Pekín*, con una foto de Jonah en el Nido de Pájaro—. Os he llamado por esto.

Nella movió la cabeza con tristeza.

—Ya lo sabíamos, tío Alistair. Mala música y un buen desmadre, pero ni rastro de Dan.

—Jonah nos aseguró que estará atento —añadió Amy—. Sé que es el enemigo, pero estoy segura de que le importamos.

Alistair no parecía demasiado impresionado.

—Permitidme que os lo traduzca. —Leyó un extracto del cuerpo del artículo—: La policía interrumpió el altercado antes de que se produjeran daños mayores, pero uno de los miembros de la comitiva Wizard, el señor Daniel K. Hill, ha sido tratado por un corte menor sobre su ojo izquierdo. El señor Hill, un joven primo de la superestrella, describió la escena como «la paliza de una avalancha de chicas...».

—¡Está vivo! —estalló Amy—. ¿Quién más puede pensar en pelearse en momentos como éste?

El poderoso suspiro de alivio de Nella hizo que los pañuelos de papel saliesen volando por el aire.

—¡Gracias a Dios! Aún sigue perdido, pero al menos está bien. O sea, está con Jonah... —Hizo un gesto—. ¡Ese creído y enjoyado rapero descerebrado nos ha mentido! ¡Cómo no me di cuenta!

Alistair chasqueó la lengua con desgana.

—Qué poco han cambiado nuestros primos Janus con el paso del tiempo. Durante los años que precedieron a la segunda guerra mundial, Puyi se convirtió en una marioneta japonesa a cambio de la oportunidad de volver a ser emperador... Igual que Jonah, que está tan obsesionado con sus propios propósitos que no se da cuenta de la angustia que está ocasionando.

—O le parece bien y no le importa lo más mínimo —sugirió la niñera, aún furiosa.

Amy tenía dificultades para controlar sus emociones.

—¿Por qué iba a querer Jonah secuestrar a Dan? Y lo que es aún más importante: ¿por qué iba a seguirle el cuento el idiota de mi hermano?

—La segunda pregunta te la has respondido tú misma —añadió Alistair—. No tiene adónde ir y probablemente se crea que es un invitado. Y el motivo de Jonah... ¿no es obvio? La búsqueda de las 39 pistas.

Nella frunció el ceño.

—Tiene dinero por un tubo y contactos por todo el mundo. ¿Para qué necesita a Dan?

—¿Es que no lo sabéis? —Sorprendido, Alistair miró alternativamente a la niñera y luego a Amy—. Tú y tu hermano habéis creado un gran revuelo en la caza de las pistas.

—¿Por qué? —preguntó Amy—. Hemos superado a algunas personas, pero no creo que vayamos en cabeza. —Se detuvo—. ¿O sí?

—Puede que no, pero sois más jóvenes que el resto de nosotros, tenéis menos recursos, no tenéis el apoyo de una rama y no contáis con casi ningún conocimiento sobre la historia de la familia. Muchas personas predijeron que no duraríais ni una semana. Sin embargo, aquí estáis, justo en el meollo del asunto. Tal vez hayáis heredado algunas de las habilidades de Grace, o quizá vuestro estatus de foráneos os permite ver las cosas desde otro punto de vista. Sea lo que sea, Jonah parece creer que eso puede ayudarle.

—¡No me importa la competición! —exclamó Amy, impaciente—. No hasta que encuentre a Dan. ¿Quién sabe qué hará Jonah cuando haya acabado con él? ¡Aquí también hay cocodrilos!

—Al menos ahora sabemos dónde buscarlo —le recordó Nella—. Encuentra a Jonah y encontraremos a Dan. Cuando eres un idiota conocido mundialmente, y a él lo reconocen por todas partes, vayas a donde vayas, los medios no dejan de perseguirte.

Alistair examinó el artículo.

—Según esto, su próxima parada es la Gran Muralla.

—En ese caso, allí estaremos —decidió Amy.

—Querida —explicó él—, la Gran Muralla China tiene cerca de diez mil kilómetros de longitud. Dado que Jonah saldrá desde Pekín, podemos imaginar que visitará la sección de Badaling, que es la más cercana. Pero sólo eso es igualmente un gran terreno que cubrir.

—Jonah es una celebridad —sostuvo Amy—. Si está ahí, lo encontraremos. —Su rostro se volvió sombrío—. No tenemos otra opción si queremos salvar a Dan.

Broderick Wizard frunció el ceño desde la ventana del Gulfstream G5. Allá abajo, la ondulada campiña china dio lugar a una amplia extensión de viviendas y pequeños edificios de apartamentos.

—Pensaba que Dengfeng iba a ser una pequeña aldea. Hay mucha población aquí.

—Bienvenido a China —respondió el asistente de vuelo con una sonrisa—. Aquí incluso los pequeños pueblos son grandes.

—Cuando cuentas con más de mil trescientos millones de habitantes, tienes que encajarlos donde quepan —sugirió Dan, desde las profundidades de un bosque de sodas, batidos y aperitivos de todo tipo.

No fue mala idea que Dan se aprovechase de tantos lujos durante el vuelo, dado que las comodidades desaparecieron nada más pisar tierra firme. El aeropuerto no era más que una pista de aterrizaje, y su «limusina» resultó ser un Volkswagen Bus de 1969.

El conductor, que sólo hablaba chino, se encargó de explicarles los detalles de cada lugar por el que pasaron durante la hora de viaje. Una vez en Shaolin, lo primero en lo que Dan se fijó fue en unas cuantas tiendas de souvenirs y varios restaurantes. Ni siquiera aquel remoto rincón de Asia había escapado al turismo. Entonces lo vio: los campos que rodeaban el sendero principal estaban ocupados por clases de kung fu, docenas de profesores y estudiantes vestidos con las togas naranja de los monjes de Shaolin.

Puso la cara contra la ventana llena de bichos aplastados del coche y miró.

—¿No os parece genial?

—Increíble —respondió Jonah, distraído.

Dan se dio cuenta de qué le tapaba los ojos a la estrella. El muchacho estaba tan concentrado en la siguiente pista que apenas percibía lo que había a su alrededor. No pudo evitar pensar si Amy estaría en las mismas condiciones en esos momentos... tan absorbida por la competición que ni siquiera tenía tiempo para pararse a pensar en su hermano.

Cuando llegaron a su destino, el conductor les ofreció unas elaboradas instrucciones que nadie comprendió, y continuaron su camino a pie.

Nada más ver el Templo Shaolin, le pareció que estaba ante un reino mágico flotante. Acurrucado entre la cordillera de las montañas Songshan, el enorme complejo de estructuras con tejados a cuatro aguas parecía flotar sobre las nubes.

Aquélla era la cuna de las artes marciales. Entonces, de repente, Dan comprendió por qué Amy se mostraba tan emocionada cuando la competición les hacía seguir los pasos de la historia que ella tanto amaba. De pie, entre las dos estatuas de los Perros de Fu que guardaban la entrada principal, casi pudo sentir los mil quinientos años de las geniales habilidades de lucha que se habían refinado en aquel preciso lugar.

Si Amy estuviera allí, podría vengarse de él por lo mal que se lo había hecho pasar mientras investigaban en todos aquellos museos y bibliotecas.

«Oh, qué aburrido es el Templo Shaolin, el kung fu es un asco, ya estoy harta...»

Aunque, por supuesto, Amy nunca habría dicho aquello. Era Dan el que siempre se aseguraba de poner su sello de desaprobación a todo lo que no le molaba, o sea, a casi todo.

«Pero, eh, ¡olvida a Amy! ¡Soy un Madrigal! ¡Nosotros asesinamos a sangre fría! No nos preocupa la familia, seguro que nos comemos a los más jóvenes...»

La imagen de sus padres le vino a la mente, frenándolo de

repente. No se acordaba mucho de ellos, pero los recuerdos que tenía no eran nada fríos. La idea le clavó el puñal de la nostalgia.

Un joven monje con la cabeza afeitada que vestía la tradicional toga naranja y llevaba un hombro al aire se acercó a Broderick y, señalando su teléfono móvil, le habló:

—Las fotos aquí están prohibidas —advirtió, con un fuerte acento.

—No voy a sacar ninguna foto —prometió despreocupadamente el padre de Jonah.

Como un rayo, el monje le arrancó el dispositivo de las manos.

—Le devolveré este aparato más tarde.

Dan nunca había visto a un humano moviéndose así de rápido.

El señor Wizard estaba indignado.

—¡Adiós a mi conexión con el mundo!

—No pasa nada, papá —lo tranquilizó su hijo—. Relaja los pulgares.

Cuando atravesaron el portal, el monje miró de arriba abajo a cada uno de los miembros de la comitiva Wizard, especialmente a Jonah.

«Probablemente no haya muchos niños raperos en la provincia de Henan», pensó Dan.

Poco después se encontraron en el Patio Chang Zhu, rodeados de esculturas y frescos. Dan estaba fascinado. La mayor parte de los diseños mostraban figuras de lucha en todas las posiciones de kung fu imaginables.

Desde allí, accedieron al Salón de los Mil Budas, con su santuario central de bronce y jade blanco.

—Reparen en las irregularidades del suelo —explicaba un

monje que guiaba a un grupo de turistas británicos—. Estas depresiones se deben a las prolongadas prácticas de zapateado llevadas a cabo por los profesores con sus grandes habilidades en el kung fu.

Dan se aseguró de que pisaba una de ellas. Casi pudo sentir la energía.

Aunque no había escaleras, cuanto más avanzaban por los consecutivos salones, más alto le parecía que se encontraban. El templo estaba construido directamente en el interior de una montaña y avanzaba con la pendiente.

El padre de Jonah observó las gruesas paredes de piedra cubiertas de frescos que representaban escenas de artes marciales.

—De todas formas, aquí no habría tenido cobertura ni de broma.

El grupo de visitantes más grande estaba reunido alrededor de un expositor protegido por una vitrina de acrílico.

—Ésta es la Piedra de la Sombra, la pieza más sagrada del templo.

Otro guía de Shaolin explicaba a su grupo:

—Bodhidharma, un monje del siglo v, pasó nueve años meditando en silencio sentado frente a esa roca. Cuando sus ojos comenzaron a cerrarse, debido al cansancio, él mismo se arrancó los párpados. Mantuvo la postura del loto durante tanto tiempo que se le atrofiaron las piernas. El sol era tan fuerte que la silueta de su sombra se quedó grabada en esta piedra con tanto detalle que hasta se pueden distinguir los pliegues de sus ropas.

«Por eso los Shaolin son tan fuertes y resistentes», pensó Dan. No es que él fuera un gran fan de la meditación, y por supuesto mucho menos aún de aquello de los párpados, ¡pero sí de la fuerza de voluntad! ¡Ese tal Bodhidharma debía de ser un gran guerrero! Bueno, al menos mientras aún tenía piernas.

Jonah se rió por lo bajini.

—Parece que a este hombre tan hogareño no le gustaba guiñar el ojo, y eso por no hablar del claqué...

El guardia lo miró con desdén.

—Las bromas de mal gusto no son bien recibidas aquí. El monje Bodhidharma trajo el budismo zen a China e introdujo el arte del kung fu en el Templo de Shaolin.

—Relájese. —Jonah levantó los brazos en un gesto de inocencia—. No hace falta que recurra a torturas medievales con el gángster.

—¿Gángster? —De repente, los ojos del asombrado monje se salieron de sus órbitas y comenzó a gritar en un agitado mandarín.

Los demás religiosos acudieron corriendo desde el interior del edificio y a continuación se reunieron ante la Piedra de la Sombra.

La actitud arrogante de Jonah se esfumó.

—¡Oigan, que sólo estaba bromeando! ¡No pretendía faltarles al respeto!

Su padre echó mano a la funda del teléfono que solía llevar en el cinturón, pero esta vez no encontró nada que usar para pedir ayuda.

Incluso Dan se puso nervioso al ver las togas naranja rodeándolos, toda aquella colección de maestros del kung fu capaz de liberar fuerzas marciales inimaginables.

—¡Les doy mi palabra! —farfulló Jonah—. ¡Soy una persona muy respetuosa! No tienen ni idea de cuánto admiro las... eh... grandes tradiciones y... eh... las togas naranja.

Los monjes continuaron quietos, con sus penetrantes miradas clavadas en Jonah. Finalmente, el monje más anciano, que parecía estar al cargo, dijo:

—Entonces ¿es verdad? ¿Es usted Jonah Wizard, el actor y músico estadounidense?

CAPÍTULO 11

El marinero Jonah Wizard nunca se había sentido tan perdido en alta mar. Normalmente utilizaba su encanto para librarse de cualquier situación, pero su patentado carisma rapero no parecía funcionar con los monjes de Shaolin.

Dan examinó el templo tratando de localizar la salida más próxima. Los maestros de las artes marciales los superaban muchísimo en número. Escapar sería la única opción si la cosa empeoraba.

El prior prosiguió.

—Tiene usted varios admiradores en nuestra orden, Jonah Wizard. Encontramos muchas similitudes entre nuestros cánticos rituales y su... creo que el término es «rollo rapero». Nosotros le consideramos, como usted diría, «la caña».

Jonah rió profundamente aliviado.

—Muchas gracias. Me gusta saber que ustedes también me siguen en... bueno, donde quiera que estemos.

—Yo soy Li Wu Chen, el prior de la orden de Shaolin —se presentó el anciano—. Por favor, háganos el honor de venir por aquí.

La procesión de monjes los dirigió hacia el interior del templo. Jonah iba detrás del prior, con Broderick y Dan siguiéndolo en la retaguardia. Atravesaron sala tras sala, todas ellas llenas de tesoros del arte chino que rivalizaban con el Museo Palacio de la Ciudad Prohibida. Más adelante, el vestíbulo de la biblioteca lucía innumerables estantes de antiguos manuscritos. Finalmente, traspasaron un arco elaboradamente tallado. Dan sintió un descenso en la temperatura y comprendió que ya no se encontraban en el edificio construido sobre la ladera de la serranía, sino que se habían adentrado en el mismísimo interior de la montaña. Allí no había turistas, ni puestos de souvenirs o carteles en una docena de idiomas. Aquél era el corazón del Templo Shaolin, un lugar secreto reservado sólo para un puñado de visitantes selectos.

Dan echó un vistazo en el interior de una enorme cámara donde varios monjes, obviamente los mejores luchadores, se enfrentaban en una espectacular batalla. Los movimientos eran muy rápidos, pero aun así no dejaban de ser perfectamente fluidos y naturales, tanto que el veloz combate casi parecía un baile. Pero aquello no era ballet. Los puñetazos y las patadas cortaban el aire como balas, silbando sonoramente. Los cuerpos planeaban, como si no existiese gravedad alguna. Observándolos, Dan se dio cuenta de que lo que había visto en los campos de Shaolin era un juego de niños comparado con lo que tenía ante sí.

Tardó varios segundos en encontrar su voz. Aun así, con un silencioso suspiro, dijo:

—¡Éste es el kung fu más asombroso que jamás haya visto!

Li Wu Chen sonrió, paciente.

—Aquí preferimos llamarlo *wushu*. La expresión «kung fu» hace referencia a cualquier tipo de arte que se domina a base de mucho tiempo de práctica. La palabra *wushu* es específica para las artes marciales. ¿Le gustaría asistir a una clase, jovencito?

El corazón de Dan latía con tanta fuerza que casi le revienta la caja torácica de un salto.

—¿Quién? ¿Yo? ¿Con estos chicos? ¿Me está tomando el pelo?

—Los monjes de la orden Shaolin no nos andamos con bromas —respondió el prior, sin alterar su rostro—. Pero si lo desea, podemos enseñarle algunos de los puntos clave.

—¡Sí, por favor! —exclamó fervientemente—. ¡Lo deseo!

Estaba programado que el viaje en autobús hasta la Gran Muralla durase unos setenta minutos, pero, obviamente, eso no incluía el tráfico de Pekín. En el minuto setenta del recorrido, Amy y Nella aún seguían colapsadas en la autopista, y estaban pasando un mal momento tratando de contener a *Saladin*. El mau egipcio estaba mostrando un gran interés en la gorda gallina que el granjero de la fila de enfrente llevaba en sus brazos.

—Qué pena me da ese pollo —comentó Nella—. Sus opciones son pésimas: vivir a merced de *Saladin* o acabar en el guiso de esa familia. Sea como sea, el final de su día no será nada agradable.

Amy estaba concentrada en las páginas de *Puyi: el último hijo del paraíso*, un inmenso libro que acababa de comprar en la librería de la estación. Sin embargo, no conseguía apartar ni un segundo a su hermano de su pensamiento.

—¿Ves a alguien que lleve una camiseta de Jonah Wizard? —preguntó, examinando el pasillo—. Si encontrásemos a un verdadero fan, tal vez podríamos seguirlo hasta dar con Jonah... y con Dan.

—No creo que éste sea el autobús de los fans —observó Nella, desanimada—. Diría que se parece más a un transporte para aves de corral.

De hecho, Nella ya llevaba buscando camisetas... y gorras, hebillas de cinturón, dispensadores de caramelos o cualquier otro objeto de la marca Wizard Enterprises BlingTM desde el momento en que abandonaron la terminal de Pekín. Había llegado incluso a acercarse a varios adolescentes vestidos al estilo hip hop, con la esperanza de escuchar estribillos de las canciones de Jonah en sus cascos. Aun así, hasta el momento no había tenido suerte.

¿Cómo podían haber perdido a Dan? Si Amy estaba desesperada por encontrar a Dan, Nella lo estaba doblemente. En apariencia estaba tranquila, pues no había razón para hacer que la pobre Amy se angustiase aún más. Pero aquéllos eran sus niños... estaban a su cargo... ¡y uno de ellos había desaparecido!

Bueno, técnicamente no estaba desaparecido. Dan estaba con Jonah, lo cual era mejor que si se hubiera desvanecido completamente o hubiera ido a parar entre las garras de Isabel Kabra. Jonah no era el peor de las víboras Cahill, pero aquello era como decir que es preferible ser atacado por un tiburón tigre que por el gran tiburón blanco. Especialmente ahora que sabían que Jonah tramaba algo. ¿Por qué si no les habría mentido acerca de Dan?

Las instrucciones de Nella eran claras:

—Encontrar a Dan es importante —había dicho la voz al otro lado de la línea telefónica, entre interferencias—. Pero nada es más importante que la caza de las pistas.

—¡Estamos hablando de un niño de once años! —había gritado Nella en la cabina telefónica.

—Que, casualmente, es el nieto de Grace Cahill —había añadido la voz—. Él mismo ha probado ser un joven lleno de recursos. Tenemos razones suficientes para pensar que puede cuidar de sí mismo.

Eso era muy fácil de decir para alguien que estaba sentado en una oficina insonorizada, a miles de kilómetros de distancia.

De repente, la presión de mantener su verdadera misión en secreto parecía casi tan agotadora como la propia caza de las pistas. Nella se desplomó en su asiento, abrazando a *Saladin* contra su pecho.

El sentimiento de culpabilidad no le dio ni un respiro. A aquellos pobres niños les habían engañado desde su nacimiento, prácticamente. Primero habían sido sus padres, que les habían escondido su identidad Cahill, y después Grace, que les había ocultado la verdad de lo que había sucedido la noche del incendio. Y por último, aquella búsqueda de pistas, que era, más o menos, una convención de traidores. ¿Quién sabía qué tipo de mentiras estaría contándole Jonah a Dan ahora?

«Y, además de todo eso, también estoy yo... Alguien en quien ellos confían. Alguien que, supuestamente, está aquí para protegerlos...»

Si en algún momento tuviera que llegar a escoger entre la misión o Amy y Dan...

«Espera, no te confundas. Será mejor preocuparse por resolver los problemas de hoy, en lugar de pararse a pensar en lo que podrá suceder mañana. Encuentra a Dan. Ayuda a Amy a no perder los...»

Después de todo, fuera cual fuese la misión secreta de Nella, ella seguía siendo una niñera. Aquellos niños eran responsabilidad suya. Y eso incluía la seguridad de Dan y la salud mental de Amy.

«Mantenla distraída.»

Se dirigió a Amy.

—¿Está bien el libro? ¿Has encontrado algo?

Amy se encogió de hombros.

—Puyi era un Janus, de acuerdo. Encaja en el prototipo: malcriado hasta la médula, adora el arte y es totalmente egocéntrico. Según esto, su vida fue básicamente una rabieta desde el momento en que lo echaron del trono, aunque, mientras le permitieron vivir en el Palacio Imperial, no fue para tanto. Todavía tenía eunucos que lo adoraban y sirvientes que le servían. Cuando solicitó una educación occidental, hizo traer a un tutor desde Londres. Adoraba el mundo occidental... tanto que llegó a escoger un nombre en inglés: Henry.

—Emperador Henry —opinó Nella—. Tiene gancho. Suena como Rafi, un rey de peso.

—Cuando lo expulsaron de la Ciudad Prohibida, parece que se vino abajo. Se convirtió en un vividor, un joven rico y holgazán. ¿Te suena a alguien a quien tú y yo conocemos?

—Jonah por lo menos se gana la vida con el rap —respondió Nella—. O sea, es un idiota de primera categoría, pero tiene un trabajo.

Se oyó un estruendo y el autobús comenzó a coger velocidad. Estaban moviéndose otra vez.

—Durante la segunda guerra mundial —prosiguió Amy—, los japoneses concedieron a Puyi el título de emperador de Manchukuo, la antigua Manchuria, de donde procedía originariamente la dinastía Qing. Él sabía que no era más que un títere para Japón, pero necesitaba sentirse como un rey nuevamente. Sin embargo, pagó un alto precio... Cuando la guerra acabó, pasó diez años en la cárcel a causa de aquello. Y cuando finalmente lo dejaron libre, pasó el resto de su vida como un ciudadano ordinario trabajando en una biblioteca. Murió en 1967.

—Qué triste —respondió Nella—. Debió de ser una caída muy grande desde las túnicas de seda con joyas incrustadas. El pobre hombre alcanzó lo más alto a los seis años.

—Eso es muy Cahill, también —señaló Amy amargamente—. Te ponen una carga inmensa sobre los hombros cuando no eres más que un crío. En nuestra familia, nadie tiene infancia. Estamos demasiado ocupados tratando de dominar el mundo.

«Y yo formo parte de ello —pensó Nella, mientras el autobús traqueteaba sobre los baches—. Animo a los niños a entrar en un juego letal.»

Sintió una necesidad repentina de abrazar a la niña, para tranquilizarla, hacerle sentir que todo iba a salir bien y prometerle que algún día sería una adolescente normal. «Aunque eso también sería una decepción.»

En voz alta, dijo:

—Así que el momento en el que Puyi pintó esa pieza de seda y la escondió en el ático secreto tuvo que producirse antes de que lo expulsasen de la Ciudad Prohibida. No creo que después lo dejaran volver a entrar y volver a dirigir el complejo.

Amy comprobó la fecha al principio del libro.

—Eso sucedió en 1924, cuando tenía dieciocho años. Tal vez Puyi sintiese que tenía los días contados en el Palacio Imperial y por eso escribió el poema.

Lo recitó de memoria:

Aquello que buscas
lo tienes en la mano.
Se fija eternamente al nacer,
donde la tierra toca el cielo.

Frunció el ceño.

—¿Qué querría decir?

Nella puso los ojos en blanco.

—A los Cahill no hay quien os entienda. Son más paparruchas de las 39 pistas.

Amy se paró a pensar.

—Lo que tengo en la mano sólo puede ser esta página. Pero eso no es lo que buscamos, ya que la pista está en otro sitio. «Se fija eternamente al nacer...» Bueno, en realidad nada se queda para siempre tal y como es desde que nace. Y «... donde la tierra toca el cielo».

—Tengo una noticia que darte —anunció la niñera, agriamente—. La tierra toca el cielo por todas partes. Así es como funciona. La tierra se acaba y empieza el cielo. Asúmelo: no tenemos nada.

Amy levantó una ceja.

—No sabemos qué estaba tratando de decir Puyi. Pero sí sabemos cuándo lo dijo: en 1924.

—¿Y qué?

Amy sacó el portátil de Dan de su mochila y lo encendió.

—Pues que si investigamos los eventos más importantes del mundo desde principios de la década de los veinte, puede que descubramos qué estaba haciendo Puyi. Si algo sé sobre los Cahill, es que somos los protagonistas de todas las noticias.

Nella se mostró escéptica.

—Ese tipo pasó de ser un niño emperador a un gandul millonario y de títere japonés a criminal de guerra, para acabar siendo un bibliotecario. ¿Qué esperas encontrar que no esté en los libros de historia?

—La conexión Cahill —explicó Amy—. Mira, los libros dicen que Amelia Earhart estaba tratando de volar alrededor del globo. Sin embargo, nosotros sabemos que en realidad había salido a la caza de las pistas. Estoy segura de que algo parecido sucede con Puyi.

—¿Como qué?

En la enciclopedia del ordenador, Amy buscó el año 1924.

—Bien, pocos meses después del exilio de Puyi, se formó IBM y Joseph Stalin accedió al poder en Rusia...

No era la primera vez que Nella se maravillaba por la brillantez de la lógica de Amy. Echó un vistazo a la pantalla por encima de su hombro.

—Grecia se convirtió en república... Oh, me encantaría viajar ahí. Las islas, el *baklava*...

Su voz se fue apagando mientras el bus se iba encaramando a la cresta de la montaña.

Durante la última media hora, el terreno se había vuelto algo montañoso y las cuestas eran ahora más pronunciadas. De repente, extendida ante ellas, encontraron la Gran Muralla China.

Asombrada, Amy suspiró. La antigua barrera avanzaba por pendientes y valles, más allá de lo que la vista alcanzaba en ambas direcciones. «Aproximadamente diez mil kilómetros —reflexionó Nella—. Tendría que viajar desde Boston hasta San Diego y luego seguir hasta México D.F. para recorrer toda esa distancia.»

—Ya la había visto en fotografías —admitió Amy, asombrada—, pero verla así en directo...

Incluso *Saladin* perdió interés por el pollo de la fila de al lado y se asomó a la ventana para contemplar la gigantesca estructura, que se alzaba cada vez más imponente ante ellos a medida que el bus se iba acercando.

Nella cogió el ordenador del regazo de Amy y buscó la Gran Muralla. Comparó las fotos que encontró con la belleza de lo que tenía delante. La única estructura construida por la mano del hombre que podía verse desde el espacio exterior y que, una vez, estuvo vigilada por más de un millón de hombres.

Durante su construcción, cuando un obrero moría, emparedaban su cuerpo en el interior de la Muralla. Nadie sabe cuántos cuerpos yacen entre las piedras y el mortero, pero algunas estimaciones afirman que llegan a alcanzar los tres millones de almas.

Era una vista sin igual en el mundo entero... única por su antigüedad y su importancia histórica y principalmente por su inimaginable longitud.

A Nella se le cayó el alma a los pies. Encontrar a alguien en un lugar como aquél, incluso a una celebridad como Jonah Wizard, iba a ser como buscar un grano de arena en el universo.

CAPÍTULO 12

La toga naranja, de una forma u otra, no le quedaba demasiado mal a Dan... Era como si estuviese destinado a llevarla.

—¿Puede alguien sacarme una foto? —Tenía su colección en mente. Aquélla sería su pieza más preciada. Haría que se la ampliaran a un tamaño de seis metros de ancho. Ocuparía una pared entera de su sala de trofeos.

—Las fotografías están prohibidas.

Dan estaba indignado. Abrió la boca para protestar, pero en seguida se lo pensó dos veces. Era mejor no discutir con un tipo que podría arrancarte un brazo y matarte a palos con el extremo ensangrentado de éste.

—¿Puedo quedarme con el traje, al menos?

Sus contrincantes sonrieron con un aire de tolerancia.

Entonces comenzó la clase. Dan se había imaginado a sí mismo volando por el aire con una facilidad increíble, aunque no se sorprendió al ver que las cosas no iban exactamente así. Como era un principiante, comenzó por el principio... simples puñetazos y patadas, además de aprender a caer correctamente.

«Esto es inmejorable —pensó él, pisando fuertemente la alfombra al caer—. Estoy aprendiendo kung fu... bueno, *wushu*, en una parte secreta del Templo Shaolin, en el mismísimo corazón del monte Song.»

Poco después ya habían comenzado con los lanzamientos básicos. Dan irradió felicidad cuando los monjes alabaron su equilibrio. Y, gracias a su extraordinaria memoria, aprendía rápidamente, pues recordaba perfectamente todo lo que le enseñaban.

Lo más destacado de la lección fue una sesión con adversarios: Dan contra cuatro de los luchadores más peligrosos del mundo. Aunque, obviamente, sabía que le iban a dejar ganar. Aun así, la sensación de lanzar a un maestro del kung fu era indescriptible... incluso si, realmente, era él mismo el que se tiraba.

De repente, Dan diseñó su ataque. El monje que tenía al frente estaba agachado, perfectamente posicionado para que Dan pudiera poner en práctica una de las llaves que acababa de aprender. Exacto, era una oportunidad única en la vida para que un novato triunfase en una verdadera competición Shaolin.

Se abalanzó hacia delante y dos poderosas manos agarraron con fuerza la parte delantera de su toga. De repente, el pie de su oponente estaba contra su abdomen... No le había propinado una patada, pero sí lo acababa de lanzar por el aire, por encima de él mismo, con una fuerza extraordinaria. En pleno vuelo, un pensamiento triunfante se le pasó por la mente: «¡Mi instructor es un maestro Shaolin!». No había pensado en la posibilidad de que se le rompieran todos los huesos del cuerpo al golpear contra el suelo.

Los otros tres lo cogieron y lo colocaron gentilmente sobre la alfombra. Se revisó rápidamente: dos brazos y dos piernas, todo pegado a su cuerpo.

Una inmensa sonrisa le dividió el rostro.

—¡Eso ha sido más que asombroso! ¿Cómo lo habéis hecho?

Sus profesores lo miraron ligeramente satisfechos.

—Ésta es la base de las habilidades defensivas del *wushu* —explicó el lanzador—. La velocidad de tu adversario es tu gran aliada.

Otro monje llegó con un servicio de té y un plato de comida, y en ese momento la competición se pospuso. Dan mordió un bocado y lo masticó pensativamente, tratando de reconocer un sabor tan poco familiar. «No está mal —decidió—. Es crujiente, algo salado... Se parece un poco a las cortezas de cerdo, pero la textura es diferente.»

—¿Qué es esto? —preguntó, metiéndose otro pedazo en la boca.

—Es una delicadeza hecha de la larva del gusano de seda —respondió alguien.

Dan casi escupe el bocado que tenía en la boca hasta la otra punta de la sala.

—¿Estamos comiendo gusanos?

—No, el gusano de seda es la oruga de la *Bombyx mori*... la mariposa de la seda.

Como si aquello fuese mejor. No eran gusanos, eran bichos. El esfuerzo para tragar iba a requerir toda la fuerza de voluntad que pudiese reunir. Sabía que se lo estaba imaginando, pero sintió que todo un zoo de insectos se retorcía y zumbaba en el interior de su estómago.

Le costaba trabajo mantener el equilibrio.

—Creo que necesito un poco de aire fresco.

Uno de los monjes lo guió a través de diversos pasillos indicándole el camino hasta el patio Chang Zhu. Murmurando, le dio las gracias y se alejó hacia las tierras.

«Nunca podría ser un monje Shaolin. Las artes marciales son impresionantes, pero... ¡pero la comida es un horror!»

Los turistas y visitantes lo miraban burlonamente... un niño occidental vestido con una toga Shaolin. Sin embargo, él sentía demasiadas náuseas como para dejarse impresionar por las miradas, sólo caminar le estaba ayudando a asentar su estómago. No veía a Jonah por ningún lado. Seguramente la estrella estuviese aún en el interior del templo, firmando autógrafos para sus fans Shaolin.

Dan observó a su alrededor. ¿Qué era aquello? Desde la distancia parecía una ciudad en miniatura. Se echó a un lado y descubrió que las estructuras no eran edificios, sino unas enormes tumbas de piedra y ladrillo, en forma de pagodas chinas. Algunas de ellas medían entre diez y quince metros de altura. Un cartel informaba de que aquel cementerio era el Bosque de las Pagodas... el lugar de descanso final para las cenizas de los monjes Shaolin de varios siglos.

«Muy interesante... a menos que estés tratando de digerir un par de *Bombyx mori*.»

Nada más salir de las tierras del templo, a un lado de la calle, notó una línea de telescopios de pago que ascendían por el monte Song.

Abandonó el Bosque de las Pagodas y tomó el sendero, sacando algunas monedas del bolsillo. Otra ventaja de formar parte de la cuadrilla Wizard era que Jonah le había dado algo de dinero chino.

Saliendo por una puerta trasera, se acercó a la línea de telescopios. Entrecerró los ojos y levantó la vista. Una niebla húmeda bordeaba el sol poniente en el monte Song. Pudo distinguir un monumento distante, cuyo color blanco destacaba ante el cielo gris.

—¿Qué es eso?

Un guardia le respondió:

—Es la estatua de Bodhidharma.

—¿Se refiere al tipo de los párpados? —preguntó Dan.

El hombre señaló la ranura de las monedas.

—Un yuan.

Dan introdujo la moneda y el telescopio cobró vida con el tictac de un temporizador. Fijó la mirada en la óptica.

La estatua estaba tallada en una piedra blanca: se trataba de un monje barbudo sentado con las piernas cruzadas sobre un pedestal de ladrillos. Por lo que Dan veía, no le faltaban los párpados y la parte inferior del cuerpo, atrofiada o no, estaba escondida bajo la toga.

Aunque eso no fue lo que lo sorprendió.

«¡Yo conozco a este tipo!»

¿Dónde habría visto un huérfano de Boston la estatua de una remota montaña china? ¿En la televisión? ¿En Internet? ¿En un libro del colegio?

Tuvo una visión turbia de la escultura blanca rodeada de un abundante pelo gris...

Pelo gris...

¿Saladin?

¡Por supuesto! ¡Grace tenía una pequeña réplica de aquella estatua en el rellano de la escalera! Era uno de los lugares preferidos de *Saladin*... El mau solía rondar a su alrededor durante horas, frotándose contra los contornos de la pieza.

Amy y Dan lo llamaban el Buda Barbudo.

«¿Cómo he podido olvidarme de esa cosa? ¡Me daba un miedo atroz!»

Y ahora estaba observando la imagen original.

Frunció el ceño. Ni siquiera habían imaginado nada mientras

ella vivía, pero Grace Cahill había estado realmente involucrada en las 39 pistas. La propia competición era cosa suya. La había incluido en su testamento con la ayuda de William McIntyre. Muchas cosas que Grace había mencionado casualmente durante los años habían resultado cruciales para la caza de las pistas. Era casi como si aún estuviese investigando desde la tumba.

Durante un instante, se sintió irritado con su abuela. Había implantado muchos recuerdos como aquél en su cabeza... y aún más en la de Amy, ya que ellas dos habían tenido una relación más cercana. A veces no podía evitar sentir que su cerebro era el disco duro de un ordenador infectado con docenas de virus esperando a que alguien los activara.

La única posibilidad que Grace no había considerado era la de que él abandonase la competición y se quedase con todas esas bombas mentales que podrían volverlo loco. Porque, tanto si seguía con la caza como si no, no podía evitar sentir curiosidad por ciertos temas:

1) Las conexiones Janus de Jonah lo habían enviado al Templo Shaolin.

2) Ese de ahí arriba era el verdadero Buda Barbudo.

¿Una coincidencia?

«Sí, claro.»

La estatua blanca surgía imponente en lo alto, en lo que parecían kilómetros de distancia. Directamente enfrente de Dan, una serie de antiguos peldaños de piedra medio derruidos iban a dar a la montaña.

Un millón de estrellas... o al menos a él le parecían muchísimas.

«Ha sido una suerte que me haya comido ese gusano de seda...»

Iba a necesitar la energía.

CAPÍTULO 13

—Es increíble que seáis mis fans, chicos —dijo Jonah a Li Wu Chen.

El prior lo miró con desaprobación.

—¿Llevamos tanto tiempo esperando para que la rama nos envíe a un niño tonto?

—¿Rama? —repitió Jonah, que había bajado el tono de voz—. ¿Quiere decir... los Janus?

—No somos fans de tu detestable ruido. Sí, somos Janus... la verdadera línea de la familia Cahill en Asia. Te damos la bienvenida como hijo de Cora Wizard.

La mirada de Li Wu Chen se trasladó al padre de Jonah.

—Y por supuesto, a su marido no-Janus.

Era como si alguien hubiera descorrido una cortina. ¡Ahora entendía por qué el líder de su rama lo había llamado desde Venecia para hacerlo ir allí! Como representantes Janus, los monjes Shaolin podrían ayudarlo con la pista de esa parte del mundo.

—Mi mujer tiene mucho sentido del humor —murmuró Broderick, algo resentido. Retorció los pulgares, como si sus manos se sintiesen vacías sin su teléfono móvil—. Podría habernos dicho que los nativos eran amistades Janus.

—Calma, papá —lo tranquilizó su hijo—. Nos ha enviado a

donde necesitamos estar. —Aquello era típico de Cora Wizard. Dirigía la rama como si se tratase de una de sus obras de teatro... equipando a los actores con información limitada y dando un paso atrás para ver saltar las chispas. Era muy propio de los Janus, aunque nunca habría creído que podría hacérselo a su propio hijo.

El prior los condujo a una pequeña antecámara amueblada con una tosca mesa redonda. La puerta se cerró con un ruido hermético y entonces comprendieron que se encontraban en una sala segura.

—Lo primero es lo primero —anunció Li Wu Chen—. ¿Quién es el niño y qué hace contigo?

—Se llama Dan Cahill —respondió el padre de Jonah.

—Cahill. —El prior se incorporó—. ¿Janus?

Jonah se encogió de hombros.

—Nadie lo sabe. Es nieto de Grace Cahill.

Li Wu Chen estaba impresionado.

—Ah, Grace Cahill, una buena línea de sangre, pero una mujer muy peligrosa. Pocos han conseguido estar tan cerca como ella de descubrir los treinta y nueve misterios que no se pueden resolver.

—¿Es esto una declaración de amor? —dijo Jonah firmemente—. Grace consiguió lo suyo, pero mi madre la supera con creces. Supongo que por eso nos ha reunido aquí. A Venecia sólo le falta un ingrediente para duplicar la fórmula Janus.

El prior se levantó de un salto y, nervioso, gritó algo en mandarín.

—Por favor, disculpen mis excesos —añadió con timidez, sentándose de nuevo—. Nosotros, los Janus de Asia, llevamos demasiado tiempo viviendo a la sombra de esos bárbaros Tomas de grandes músculos y pequeñas mentes.

—Comprendo perfectamente —añadió Jonah, pensando en (los) Holt.

—Considere las fuentes de la orden de Shaolin a su entera disposición. ¿Qué ingrediente les falta?

—Estoy en ello —aseguró Jonah—. Mamá está convencida de que se encuentra aquí, en China, pero no sabemos qué es ni dónde encontrarlo. Por eso estamos trabajando con el muchacho Cahill.

Li Wu Chen frunció el ceño.

—Obviamente, los conocimientos de ese jovenzuelo no son comparables con las capacidades de la rama Janus.

—No lo subestimes —insistió Jonah—. Puede parecer tonto, pero él y su hermana han realizado ya varios prodigios. Tal vez sea la conexión con Grace, ¿quién sabe?

—Abarcar todas las posibilidades es de sabios —admitió el prior a regañadientes—. Supongo que representar a los Janus y aparecer en la prensa rosa no son actividades incompatibles. Si lo manipulamos de forma inteligente, el descendiente de Grace podría llegar a ser una buena baza.

—Eh... ¡gracias! —¿Había sido aquello un cumplido?

—Su madre tiene una buena razón para buscar el ingrediente que falta en China —dijo Li Wu Chen—. Si algo consiguieron los emperadores Qing durante varios siglos es la correcta producción del suero Janus. Fue esta obsesión, y no su admirable devoción por las artes, la responsable de que la gente les diera la espalda.

—Pero ¿acabaron el trabajo? —inquirió Jonah—. ¿Consiguió alguno de esos emperadores la fórmula?

—Creemos que la respuesta es afirmativa.

Broderick intervino entonces:

—¿Lo creen? ¿No están seguros de ello?

El prior respondió a Jonah, no a su padre.

—Durante décadas se ha extendido la historia de que Puyi, el último emperador, contrató a un tutor llamado Reginald Fleming Johnston, un científico Janus de las islas Británicas. Juntos, completaron el suero en un laboratorio secreto de la Ciudad Prohibida.

Jonah pudo ver en los ojos de su padre que no apreciaba que lo ignorasen. Pero aquello era más importante que el dañado ego de Broderick.

—¿Qué sucedió, entonces? —preguntó urgentemente.

—La suerte no le sonrió. Corría el año 1924. Puyi sintió que pronto lo exiliarían. Naturalmente, la seguridad del suero era un asunto primordial. Johnston tenía un conocido Cahill británico con una habilidad única que le permitiría ocultar la fórmula donde se pudiera conservar indefinidamente. Se cree que aquel hombre era el único de aquella época que podría haber realizado aquella función.

—Pero ¿dónde lo escondió? —insistió Broderick, casi gritando.

Li Wu Chen movió la cabeza.

—La leyenda finaliza ahí.

—Hábleme de ese gran hombre al que contrataron para tratar la mercancía —insistió Jonah—. ¿Quién era?

—Eso tampoco se sabe. Tras abandonar la Ciudad Prohibida, poco se supo de Puyi. Algunos dicen que viajó hasta la Gran Muralla antes de morir, pero eso nunca se ha confirmado. Completar la fórmula Janus fue su mayor hazaña. Ni siquiera su corto reinado en el Trono del Cielo se puede comparar con esto. El resto de la vida de Henry Puyi, como marioneta, prisionero o simple bibliotecario, no es el destino de un Janus.

—Los ojos del prior se dirigieron al padre de Jonah antes de volver a fijarse en la estrella—. Para una persona ordinaria, quizá, tal vez incluso para un emperador. Pero, desde luego, no para un descendiente de Jane Cahill.

De repente, la puerta de la cámara se abrió y otro monje entró apresuradamente en un estado de gran ansiedad. Sujetaba el teléfono de Broderick entre el pulgar y el dedo índice, como si creyese que iba a explotar de un momento a otro. El aparato se había iluminado como un árbol de Navidad.

El padre de Jonah se levantó de un salto.

—Son asuntos Janus... ¡Es el código de prioridad más alto!

El agitado monje no podía estar más contento de entregar el dispositivo y poder marcharse.

Sólo cuando la puerta de seguridad se cerró nuevamente, Jonah preguntó:

—¿Es mamá?

—No, no es tu madre. —Les mostró el mensaje. Varios caracteres chinos llenaban la pequeña pantalla.

Li Wu Chen sacó unas gafas y se las puso.

—Muy curioso. Es una serie de números. Uno, treinta y ocho, cincuenta y tres.

Broderick Wizard hizo una mueca.

—El mensaje proviene de un servidor roto. No me permite identificar el remitente —anunció frustrado, pulsando teclas sin parar—. ¿Qué razón tendrían para encriptar un mensaje sin sentido?

—Porque sí tiene sentido, papá —respondió Jonah, triunfante—. Sección uno, fila treinta y ocho, asiento cincuenta y tres... ¡Este mensaje es la localización de un asiento en un estadio!

—Pero este mes no tenemos ningún otro concierto programado —le recordó su padre.

—Tal vez sea precisamente por eso —insistió la estrella—. Podemos programar uno por ejemplo en... Shanghai, y el que haya escrito ese mensaje sabrá que ése tiene que ser su asiento. Lo único que tenemos que hacer es enviar un agente por allí cerca.

—Es arriesgado —murmuró Broderick.

—No demasiado. Yo estaré en escena con un micrófono en la mano. Si las cosas se complican, siempre puedo mandar a unos cincuenta mil fans enloquecidos a por ese tipo. Ni siquiera los Lucian tienen ese tipo de apoyo. —Sonrió con sus treinta y dos perfectos dientes. Se imaginaba triunfante, contándole todo a su madre con pelos y señales.

—Muy inteligente para la estrella de «¿Quién quiere ser un gángster?» —dijo Li Wu Chen—. Aunque, lamentablemente, te equivocas.

Jonah se sintió insultado.

—¿Se ha fumado algo?

El prior lo miró en señal de desaprobación.

—Los monjes de Shaolin no fumamos.

—No quiero faltarle al respeto —respondió Jonah rápidamente—. Es sólo que... bueno, dígame usted entonces cuál es el supuesto significado de ese mensaje.

—Estaré encantado de hacerlo —confirmó el prior—. ¿Está usted familiarizado con el ejército de terracota de las tumbas de Xian?

Broderick frunció el ceño.

—¿Es un mensaje de la Armada?

—No son personas de verdad —explicó Li Wu Chen con un suspiro de exasperación—. Los guerreros de terracota se consideran la octava maravilla del mundo antiguo. Si pudiera alejarse un momento de la estúpida carrera de su hijo, tal vez adquiriría algo de sabiduría no relacionada con la industria del entretenimiento.

—Será mejor que nos relajemos todos —sugirió Jonah, viendo que su padre estaba a punto de estallar en un ataque de ira. Lo último que necesitaba era que su padre se pusiera a discutir con un maestro Shaolin de las artes marciales. En primer lugar, Li Wu Chen, aunque fuese pequeño y ligero, probablemente podría arrasar una ciudad entera. Y en segundo lugar, si su madre se enteraba de eso, la venganza podría ser terrible.

Se dirigió al prior:

—No pretendíamos desprestigiar su antigua maravilla. Solicitamos muy respetuosamente que nos proporcione toda la información posible sobre ese estupendo ejército —solicitó Jonah, enfatizando la palabra «respetuosamente».

—A las afueras de la ciudad de Xian yace la tumba de Qin Shi Huang, el primer emperador de la China unida. Su mausoleo está protegido por una extensa armada de estatuas de guerreros de terracota que se encuentran bajo tierra.

—¿Eso es todo? —preguntó Jonah—. ¿Estatuas?

—Son miles de ellas, a tamaño real y talladas prestando especial atención a los detalles. Incluso ahora, todos los meses se desentierran batallones aún no descubiertos.

El padre de Jonah se mostró escéptico.

—Pero ¿por qué está tan seguro de que el mensaje hace referencia a ese lugar?

—Es una referencia a una de las figuras de terracota en particular —explicó Li Wu Chen—. Se trata del soldado número cincuenta y tres del trigésimo octavo rango en el primer hoyo de excavación.

—O —añadió Broderick— también podría tratarse de una trampa.

—No hay problema —anunció Jonah alegremente—. Con o sin trampa, lo tengo todo controlado.

El monje puso unos ojos como platos.

—¡Ni siquiera tú deberías ser tan imprudente! El hijo de Cora Wizard podría ser un buen trofeo para nuestras ramas rivales.

Jonah se mostró sereno.

—No seré yo el que esté ahí en la línea de fuego —respondió, con la habitual sonrisa que aparecía tan a menudo en las portadas de las revistas—. Sabía que me sería útil mantener al niño Cahill bien cerca.

CAPÍTULO 14

Tras los primeros trescientos escalones, Dan comenzaba a tener dificultades para respirar. Cuando sobrepasó los quinientos, de tanto toser, estaba a punto de escupir sus pulmones y dejarlos en la ladera del monte Song.

En varias ocasiones se cruzó con algunos monjes de toga naranja y otros tantos estudiantes de kung fu. Subían corriendo los interminables peldaños. Ahora ya sabía por qué los luchadores Shaolin eran invencibles. Si se entrenaban allí, probablemente podrían hacer pesas con el templo y tal vez con la montaña entera.

Perdió la cuenta alrededor de los setecientos cincuenta escalones, y la estatua de Bodhidharma aún ni se veía cerca. Sudaba por cada uno de los poros de su cuerpo.

«¡Estoy convirtiendo mi precioso traje de *wushu* en un trapo sudoroso!»

Dan echó un vistazo a su reloj... llevaba trepando casi una hora. ¿Dónde estaba el Buda Barbudo? ¿En la Luna?

Otro grupo de monjes pasó corriendo, esta vez descendían. El aire era algo más frío ahora. Probablemente estuviese acercándose a la cumbre.

La escalera giró abruptamente hacia la derecha y allí, como

una torre, su pesadilla infantil se elevaba seis metros por encima de su cabeza. Se le escapó un gemido involuntario. Miró a su alrededor, avergonzado. No había monjes entrenando ni turistas deambulando. Estaba solo.

Examinó la enorme base y después dejó que su mirada inspeccionase los pliegues de la toga de Bodhidharma. No había marcas ni símbolos... ni siquiera una grieta en la piedra donde buscar mensajes secretos.

¿Estaría equivocado sobre lo del Buda Barbudo?

Rodeó la mole de la estatua y sus ojos se fijaron en un pequeño santuario construido detrás de la figura. Entró en él. En el interior había escrituras chinas por todas partes, aunque sólo encontró una señal que pudiera entender: Hoyo Dharma. Una flecha señalaba una grieta en la piedra.

¡Una cueva!

Dan tenía muy pocas ganas de entrar. En el transcurso de la competición, había estado ya en suficientes túneles, pozos, fosas y catacumbas para el resto de su vida, una vida que había estado a punto de perder en algunos de esos lugares.

Aunque lo cierto era que, después de haber subido aquella escalera al cielo, ahora no podía echarse atrás. Se puso a cuatro patas y gateó hasta el interior. El hueco era oscuro y estrecho y la roca estaba fría debido al aire húmedo.

Unos cinco metros más adentro, la oscuridad era absoluta. La sensación de aprisionamiento era insoportable... La antigua piedra presionaba por todas partes, y no se veía nada. Era como si el monte Song se lo hubiera tragado. Comenzó a hiperventilar. ¿Asma? No, porque, cada vez que inhalaba, el aire entraba en sus pulmones, pero su respiración se estaba acelerando y era incapaz de controlarla.

¿Qué le estaba pasando? ¿Estaba enfermo?

«¡Me está dando un ataque de claustrofobia!»

Cerró los ojos y trató de expulsar todos los pensamientos de su mente. Él no estaba atrapado en una inimaginablemente diminuta grieta en el interior de miles de rocas sólidas. Sólo estaba... relajándose.

Fueron sólo unos treinta segundos, pero a Dan le parecieron una eternidad. Finalmente, comenzó a respirar con normalidad, preparado ya para seguir avanzando.

Palpando con la mano encontró una piedra suelta y sintió una vibración en la palma. Un segundo más tarde, su rodilla se tambaleó en el mismo punto. Aquello era muy extraño. Volvió unos centímetros atrás y golpeó la roca. Hacía un ruido peculiar, no estaba hueca, exactamente, pero era... diferente.

«¡Ojalá tuviera una linterna!»

De repente, se dio cuenta de que sí tenía una. No era muy potente, pero menos era nada. Arrimó su muñeca izquierda a la piedra suelta y presionó el pequeño botón que encendía la pantalla de su reloj.

La luz era tenue, pero reveló algo impresionante. La piedra no pertenecía a la cueva. Al examinar sus bordes pudo comprobar que había sido especialmente tallada para que encajara en aquel preciso lugar.

Escarbó con los dedos y consiguió levantar una de las esquinas. No fue complicado. La puso a un lado y activó la luz del reloj de nuevo.

La euforia del descubrimiento inundó sus pensamientos. Estaba observando un compartimento secreto esculpido en la roca, algo que ningún humano había visto en quién sabía cuánto tiempo.

Se arrimó más. Allí yacían los restos harapientos de una manta mohosa que envolvía... ¿qué?

Sacó el paquete y trató de desenvolverlo. Era imposible. Para poder hacerlo necesitaba las dos manos, pero tenía ocupada una de ellas con el botón de la luz. Volvió a la absoluta oscuridad y colocó de nuevo la piedra sobre el compartimento vacío. Después, agarró fuertemente el fardo entre los brazos y comenzó el arduo viaje, desandando centímetro a centímetro el camino que había avanzado por la cueva. Lentamente, la luz regresó y pronto alcanzó la apertura otra vez.

Examinó el área alrededor del santuario y de la estatua. Aún estaba solo. Entusiasmado, abrió el antiguo tejido e inspeccionó lo que contenía. Frunció el ceño.

Porquería. ¡Literalmente! Tarros y tazas, cristales rotos, todos chamuscados y medio derretidos.

«¿Quién saca la basura y la esconde como si fuera algo precioso y de alto secreto?»

Miró las piezas. No eran tazas, sino vasos de precipitados. Y los más altos y finos eran tubos de ensayo rotos y quizá también hubiera probetas. Allí había también unas pinzas y los tornillos estaban carbonizados. No eran desperdicios... ¡era material de laboratorio! Obviamente, algo debió de salir muy mal, porque estaba todo quemado.

Un incendio. ¡Al más puro estilo Cahill! Sus padres, la casa de Grace, la prima Irina hacía apenas una semana... Aún podía verla caer, mientras aquel chalet en llamas se le venía encima. Era una imagen terrible... que volvía a él, espontáneamente, una y otra vez desde aquella horrible noche.

Dan había sido testigo de muchas cosas desde el funeral de Grace. Sin embargo, aquélla era la primera vez que veía morir a alguien. Recordó el rostro de Irina y no pudo evitar pensar si sus padres también tuvieron aquel mismo gesto cuando les llegó el momento final.

«No… no puedo pensar en eso…»

Su mente volvió a viajar a la cámara subterránea de París. El mural de Gideon Cahill y sus cuatro hijos: Luke, Jane, Thomas y Catherine… los antepasados de las ramas Cahill. En aquella imagen también se veía un incendio.

Con cuidado, sujetó uno de los fragmentos chamuscados entre el pulgar y el índice. El cristal era grueso y tenía burbujas… Era vagamente translúcido. Los otros componentes eran muy grandes y toscos. Eran pesados, parecían estar hechos de hierro en lugar de acero inoxidable o aluminio. ¿Qué antigüedad tendrían aquellas cosas?

Su corazón comenzó a latir el doble de rápido. ¡Un momento! ¡Gideon Cahill había sido alquimista! ¿Serían aquéllos los restos de su laboratorio, quemado por el mismísimo incendio que se retrataba en aquel cuadro de París? No es que la provincia de Henan estuviera demasiado cerca de Europa, pero quinientos años suponían una barbaridad de tiempo y además, estaba claro, los Cahill se movieron por todo el mundo.

Comenzó a revisar entre los restos quemados, en busca de algún indicio que explicase por qué aquellos desechos eran tan importantes como para que valiese la pena arrastrarlos por medio mundo con la única finalidad de esconderlos.

¡Ay! Un fragmento le cortó la piel. El muchacho chupó la sangre del dedo. Casi podía oír la voz de Amy: «Te dije que no jugases con cristales rotos».

«¿Ah, sí? —replicó mentalmente—. Bueno, pero los he encontrado yo, no tú. ¡Además, ahora ya ni siquiera formo parte de la competición!»

Mirando hacia abajo desde las alturas, encontró la plataforma de observación a lo lejos. Dos figuras del tamaño de un par de hormigas estaban utilizando uno de los telescopios.

¿Serían Jonah y su padre? Desde allí, no los distinguía, aunque era probable que estuviesen buscándolo.

Su primer instinto fue esconder los restos del laboratorio de Gideon. No parecían contener ninguna pista, pero si alguien se había molestado tantísimo en llevarlos hasta allí, probablemente fuese porque eran importantes. No se les entregaban cosas a los Janus así sin más.

Comenzó a envolver las piezas y, de pronto, algo se coló por un desgarro de la manta y aterrizó ruidosamente a los pies de Dan. Se agachó y lo levantó. No parecía una pieza de laboratorio. Tenía una forma oval, probablemente fuese de oro... aunque aquello era difícil de confirmar porque estaba muy ennegrecido. Tenía un botón. El muchacho lo pulsó y el objeto se abrió.

El interior estaba forrado con algo que, en su momento, debía de haber sido terciopelo violeta. Sobre éste, encontró una miniatura de marfil, enmarcada elaboradamente y con increíble detalle.

Dan fijó la mirada en el rostro de la joven mujer retratada.

¡Era su madre!

«No, no es posible. ¡Estas cosas tienen cientos de años!»

Su pelo y su ropa no le cuadraban... bueno, la verdad es que eran de otra época. Aquélla no podía ser Hope Cahill.

«¡Pero sí que es su cara!»

Dan sólo tenía cuatro años cuando ella murió. Aun así, la cara de una madre no se olvida. Jamás.

Oyó voces distantes que cantaban al unísono. Más monjes, entrenando en la escalera. Sólo tenía unos segundos para esconder los componentes del laboratorio.

Volvió a mirar la miniatura. Aquello no. Aquello se quedaba con él.

Guardó el retrato en la cintura elástica de su ropa interior, levantó el petate de la manta y comenzó a bajar la escalera. Tenía que ponerlo en algún lugar donde pudiese encontrarlo de nuevo si lo necesitase. Contó veinticinco pasos: catorce más once, la edad de Amy más la suya, y se desvió del sendero al interior de la maleza que rodeaba la escalera. Encontró una hendidura en el terreno y allí introdujo el paquete; después, colocó piedras y ramas sueltas encima. No era el mejor escondite, pero tendría que servir.

Dan volvió a la escalera justo cuando un monje y tres estudiantes de kung fu aparecían por allí. Se cruzaron con él y siguieron corriendo sin mirar atrás.

El muchacho se apresuró a descender. No tuvo que sudar para bajar y además iba mucho más rápido. Podría haberlo hecho en menos tiempo, pero se detuvo en varias ocasiones para maravillarse ante la miniatura que llevaba en su cintura. Aunque era el rostro de su madre, no era ella.

Tenía que enseñársela a Amy. Por muy en desacuerdo que estuviesen en cuanto a la competición, no sería capaz de ignorar aquello. Era como si hubiese caído del cielo.

En cuanto puso un pie sobre la plataforma de los telescopios vio que Jonah se acercaba corriendo a él. Su padre lo seguía varios metros detrás, agotado por el esfuerzo de correr y escribir mensajes al mismo tiempo.

—¡¿Dónde estabas, primo?! —gritó Jonah alterado—. ¿Qué hacías ahí arriba?

—Bueno... —respondió Dan, vacilante, sin saber qué decir.

Afortunadamente, la estrella tenía demasiada prisa como para esperar a la respuesta.

—Quítate ese pijama y vuelve a ponerte tu ropa. Nos vamos.

—¿Adónde? —preguntó el muchacho.

—Ya te lo contaré en el avión. Tenemos una cita... con un ejército.

CAPÍTULO 15

La Gran Muralla.

Aunque ya la había visto desde el autobús, Amy no había sido capaz de apreciar su inmensidad. Se había construido como protección frente a los mongoles y cortaba con elegancia la colosal frontera norte de la antigua China.

Ahora, caminando a lo largo de los terraplenes de la sección de Badaling, Amy pudo ver por qué los regimientos mongoles se lo habían pensado dos veces antes de intentar atacar aquel lugar. Para empezar, el muro era grueso, la parte superior era tan ancha como el apartamento en el que vivían en Boston. Y eso quería decir que los chinos podían llenarlo de soldados. Había torres cada kilómetro, más o menos, que sirvieron de puestos de observación, barracones, arsenales y almacenes de suministros. Los defensores podían vivir en la muralla indefinidamente.

También era alta... al menos unos diez metros en aquella sección. Si un ejército la atacaba, tendría que trepar aquella altura y atravesar una cortina de flechas y aceite hirviendo.

«Dan debería ver esto», pensó ella. Habría estado en su salsa, entre tanta artillería. Aunque la historia militar del muro no fue lo único que le hizo pensar en su hermano. Raras veces pasaba un minuto entero en el que no recordase aquella fea discusión en la plaza de Tiananmen.

Y ahora Dan se había ido. Bueno, no exactamente. No se había disuelto en el aire. Ella sabía con quién estaba, aunque no tuviese muy claro dónde.

Un recuerdo desagradable regresó a su mente: la turbia imagen de un cuerpo viscoso con una cresta a lo largo y una cola de reptil. Un cocodrilo del Nilo de siete metros, visto a la luz de la luna.

Jonah Wizard no era de fiar. Ningún Cahill lo era.

Ya habían pasado más de dos días desde la última vez que había visto a su hermano. No habían estado tanto tiempo separados desde que su madre había llevado al pequeño renacuajo a casa del hospital para arruinarle la vida. Y ahora comenzaba a asumir la idea de que, sin Dan, no tenía vida.

Pensó en el funeral de su abuela, el día en que Dan y ella descubrieron lo de la búsqueda de las 39 pistas. Tal vez aceptaran el reto para rendirle una especie de tributo a Grace, pero, para cuando la búsqueda los había llevado a París, los dos creían ya con todo su corazón que la competición era lo más importante en la faz de la tierra.

Cuanto más tiempo pasaba, más convencida estaba Amy de que todo aquello no significaba nada si no podía recuperar a su hermano.

«¿Dónde estás, Dan? ¿Es esto culpa mía? ¿Estás tan enfadado que nunca más volverás?»

Recordó las palabras exactas del muchacho: «¡Te odio!». Era imposible dejarlo más claro.

No podía culparlo por odiarla después de todo lo que había dicho sobre sus padres. Extrañamente, casi se sentía orgullosa de él por defenderlos cuando ella no podía hacerlo.

Sentirse aliviados porque sus padres estaban muertos. El mero hecho de que pudiese pensar algo así era como una tarjeta de visita con la palabra MADRIGAL impresa en ella.

—No puedo soltarte, *Saladin*, así que deja de pedírmelo —murmuraba Nella irritada—. No en medio de esta multitud. Te perderías.

—Miau —protestó el gato.

Multitud. Amy se estremeció. ¡Como siempre! Resulta que su autobús no era más que uno entre los cientos que habían llegado a la Gran Muralla. Cerca de la zona de aparcamiento principal, los turistas se aglomeraban como una plaga de langostas entre los guías, los vendedores de souvenirs y los guardias de seguridad. ¡Y esa cosa! Puede que la muralla fuera una de las maravillas de la antigüedad, pero el número de productos que allí se vendían podría llenar cincuenta centros comerciales: objetos de papel que abarcaban desde postales hasta enormes murales; tallados intrincados en cáscaras de nuez; cuadros hechos con conchas de mar y plumas; cometas de seda, juguetes, figurillas; puzles chinos tradicionales con miles de piezas... Algunos de los objetos formaban parte de la preciosa artesanía local, pero otros no eran más que porquería. Los clientes se amontonaban por todas partes haciendo cola con sus tarjetas de crédito y puñados de yuan. La aglomeración hacía que la plaza de Tiananmen pareciese vacía en comparación. Amy ya casi había perdido los papeles. Lo único que la mantenía centrada era una frase que repetía mentalmente una vez tras otra: «Jonah atrae multitudes... Encuentra a Jonah y encontrarás a Dan...».

Aun así, las únicas multitudes que habían encontrado hasta aquel momento estaban formadas por turistas, no por fans Wizard. En aquella zona, la Gran Muralla atraía a muchísimos adolescentes, incluso más que el maravilloso y aclamado Wiz.

Desde lo alto de la muralla, una vez lograron subir a ella, Nella observó el panorama de las montañas teñidas de violeta que parecían no acabar nunca.

—Muy ingenioso. Desde aquí se podía distinguir un ejército invasor a cincuenta kilómetros de distancia. ¿Estás segura de que esos emperadores eran Janus? Este lugar lleva la palabra Lucian escrita en la frente.

Amy movió la cabeza.

—En aquella época no existían ni los Lucian ni los Janus. La muralla se comenzó a construir dos mil años antes de que Gideon Cahill hubiera nacido.

La niñera le mostró una sonrisa asimétrica.

—Olvidaba que en este planeta aún hay algunas cosas que no tienen nada que ver con vosotros los Cahill. —El sol estaba ya muy bajo en el cielo, y tuvo que entrecerrar los ojos para ver la siguiente torre—. Parece que allí delante hay una muchedumbre. Tal vez sea el regalo de Dios al mundo del rap.

Amy asintió, pero no dijo nada. Para ella, el sol poniente sólo significaba una cosa: se habían pasado la tarde deambulando por la muralla, sin encontrar rastro alguno de Jonah o de Dan.

Corrieron a lo largo de la antigua almena, que se extendía arduamente cuesta arriba. Nella dejó a *Saladin* en el suelo, y el gato, contento de poder estirar las patas, correteó tras ellas. Respirando con dificultad, se unieron a la multitud que se aglomeraba en el exterior de la torre: un grupo de turistas brasileños.

—Jo... Jo... —Esta vez el tartamudeo de Amy estaba más relacionado con la falta de aliento que con la presencia de una
aglomeración de gente.

—Jonah Wizard —finalizó Nella, recogiendo a *Saladin* del
suelo—. ¿Lo habéis visto?

—¿El Wiz? —preguntó el guía, con los ojos iluminados—.
¿Está aquí? Yo leo sus cuentos *O Filho da Gangsta* a mis sobrinas
en São Paulo.

Nella estaba totalmente disgustada.

—Da igual adónde vayas o con quién te juntes; sin duda,
siempre estaba presente el mismo Jonah.

—Pero cuando realmente lo necesitas —añadió Amy, que
parecía incapaz de levantar la mirada de los adoquines—, entonces desaparece.

La niñera se dio cuenta de lo desesperanzada que estaba la
muchacha.

—Está bien —respondió ella, haciéndose cargo—. Estamos
cansadas y es hora de admitir que hoy no vamos a encontrar
a Dan. Tenemos que pensar dónde vamos a dormir para ase-
gurarnos de que mañana estamos en perfectas condiciones
para seguir buscándolo.

Amy hizo una mueca, disgustada.

—¡Ni hablar! ¡No pienso marcharme de aquí sin mi hermano!

—Seamos sensatas. Pronto oscurecerá. Nuestras posibilidades de encontrar a Dan no mejorarán demasiado si nos mata-
mos inútilmente. Tenemos que descansar y comer bien. No
hemos comido nada desde el desayuno, y ya sabes cómo se
pone *Saladin* cuando tiene hambre.

El mau egipcio añadió un «miau» lastimero a la conversación.

—¡Ese gato come demasiado! —explotó Amy—. Atún fresco, pan de gambas... ¿qué será lo siguiente? ¿Caviar de beluga? ¡No tenemos tiempo para descansar! ¿Quién sabe qué le estará haciendo Jonah a Dan ahora mismo? Como le haga el más mínimo daño a mi hermano, ¡juro que rodearé su cuello con mis propias manos y lo estrangularé!

Se sorprendió a sí misma escuchando la violencia de su tono y, lo que era aún peor, al darse cuenta de que hablaba en serio. ¿Será que el Madrigal de su interior estaba saliendo a la luz? La gente normal decía palabras como «estrangular» de forma casual, aunque realmente no quisieran decir eso. Sin embargo, para los Madrigal era distinto. Los Madrigal eran asesinos.

—Así que, con todas estas preocupaciones —murmuró en un tono más relajado—, tendrás que perdonarme si no lo dejo todo sólo porque *Saladin* tiene un poco de hambre. Lo último que necesita es más comida.

Unos metros más allá, un turista desenvolvió un bocadillo de sardinas. Con un «miau» que era prácticamente el grito de caza de un lince rojo, el mau egipcio saltó de los brazos de Nella. Sin embargo, la falta de costumbre de tener que cazar para comer hizo que *Saladin* calculara mal la distancia, por lo que saltó más allá del parapeto que se alzaba en el borde de la muralla y desapareció al otro lado del muro.

Dos gritos escaparon de las bocas de Amy y Nella.

Corrieron hasta el borde y miraron hacia abajo, aterrorizadas ante lo que podrían encontrarse.

Diez metros más abajo, la adorada mascota de Grace Cahill caminaba por el lugar donde las armadas invasoras habían sido repelidas y masacradas. Tenía la cola elevada en el aire y el pelaje erizado por la indignación. El «miau» de esta vez fue la reprimenda más concienzuda que ninguna de ellas había recibido jamás.

—¿Sabes? —admitió Amy, con la voz entrecortada—, tal vez deberíamos ir a comer algo y a buscar un hotel donde pasar la noche.

CAPÍTULO 16

La ciudad de Xian era mucho más pequeña que Pekín, pero Dan no veía demasiadas diferencias desde la ventanilla(de) su vuelo G5. No se veía un horizonte lleno de rascacielos como en la capital china, pero las hileras de edificios parecían infinitas y el color rojo de las luces de freno iluminaba cada centímetro de autopista. El tráfico era insoportable.

«Y la contaminación, también», pensó mientras el avión descendía a través de una gruesa capa de neblina algo marronácea.

—Oh, no. —Ni siquiera habían aterrizado y el padre de Jonah ya estaba enganchado a su teléfono móvil.

—¿Recuerdas esos pósters de «Vive a lo grande con la generación Wiz»? Bueno, pues en chino los han traducido como «Jonah Wizard hace engordar a tus ancestros».

Dan soltó una sonora carcajada en su cara.

—¿Podrías guardarme uno de ésos? ¡Quedará genial en mi colección!

Broderick no estaba sorprendido.

—¿En ese caso por qué no respondes tú la videollamada de la tienda de discos?

—Está bien, papá —bostezó Jonah mientras el avión tocaba

tierra—. Ya sabes cómo funciona esto. Saco a algún fan afortunado a cenar, después colgamos toda la historia en Internet y todo el mundo se olvida de ese puñado de pósters.

—Se han impreso unos seiscientos mil —le recordó su padre, apretando con fuerza los labios.

—Una cena y una película —se corrigió Jonah—. O aún mejor: una noche de fiesta en Xian. Daremos una exclusiva en la MTV de Asia. ¡Será épico! En cuanto terminemos con estos tipos de terracota —añadió, guiñándole un ojo a Dan.

De entre todos los mánagers, publicistas y guardaespaldas de la comitiva Wizard, incluyendo al propio padre de Jonah, la estrella había escogido a Dan para que lo acompañase en su misión para descubrir el secreto del ejército de terracota.

Aunque eso no significaba que Dan volviera a interesarse por la búsqueda de las pistas.

Otra cosa sobre Xian era que allí sí tenían limusinas de verdad. Una plateada los esperaba en el aeropuerto para llevarlos al hotel, el Bell Tower, donde Jonah había reservado toda la planta superior.

El padre de Jonah estaba al teléfono con el gerente de la discoteca del hotel tratando de contratar a los artistas para que actuasen para ellos en su suite... Un poco de entretenimiento para la cena.

Dan miró su reloj. Eran las siete y media.

—¿A qué hora cierra el recinto de los guerreros de terracota?

Jonah le mostró su sonrisa de estrella del rock.

—Ha cerrado hace dos horas. Pero aún no podemos ir, todavía no ha oscurecido lo suficiente.

Dan bajó el tono de voz.

—Entiendo, tenemos que ir cuando no haya gente alrededor.

—Por eso sé que somos familia —aprobó Jonah—. Los Cahill

pensamos de la misma manera. Tengo un buen presentimiento sobre el hecho de que trabajemos juntos. Creo que formamos un buen equipo.

«Si fuese Amy —pensó Dan con tristeza—, estaría diciéndome lo estúpido que soy y llamándome bobo mientras ella se iba a alguna librería a leer unos seiscientos libros sobre los guerreros de terracota.»

Su estado de ánimo se ensombreció de repente. Después, acusaría a sus pobres padres de merecer su destino. ¿Cómo podía pensar algo así de su padre y su madre? Dio un par de palmaditas en el bolsillo donde escondía la imagen que había encontrado en la cueva de Bodhidharma.

—¿Sabes, Jonah? —se atrevió a decir—, hace... eh... dos días, cuatro horas y veintiún minutos...

—Desde la última vez que viste a tu hermana —añadió Jonah, comprensivo.

—No es que lleve la cuenta —explicó Dan, apresuradamente.

—Debe de ser duro —comprendió la estrella—. He de decirte, primo, que estoy sorprendido de que aún no nos hayamos cruzado con ella. A estas alturas... es como si no quisiera que la encontrásemos.

Dan retrocedió como si acabasen de darle una bofetada.

Alguien llamó a la puerta, interrumpiendo su angustia. El espectáculo acababa de llegar.

Al principio, Dan no tenía mucho apetito. Se sentó a la mesa, desmontando viciosamente los pastelillos con sus palillos chinos y sin comer casi nada mientras asumía la idea de que tal vez Amy lo hubiera dado por perdido. ¿Sería posible? Ella siempre decía que era un pesado. Aunque él opinaba lo mismo de ella y aun así habría dado cualquier cosa por reunirse con su hermana.

El espectáculo resultó estar compuesto por unos acróbatas chinos que ejecutaban unos números increíbles de escaladas y volteretas. «Muy guapo», había dicho Jonah. Incluso Dan comenzó a escapar a su desánimo, especialmente durante el gran final: una danza del dragón interpretada boca abajo colgando desde el techo.

El padre de Jonah invitó a unos cuantos periodistas de ocio locales a unirse a la fiesta, para asegurarse de que su hijo quedaba bien en la prensa de Xian, como si hiciese falta... Jonah nunca recibía malas críticas.

El hombre del momento adoraba los chismorreos, y se reía y bromeaba con los reporteros. Nadie podía sospechar que, en cuanto todo aquello acabase, sus planes eran irrumpir en el emplazamiento arqueológico más importante de Asia. Aun así, cuando nadie lo miraba, Dan no pudo evitar notar una expresión vidriosa en el famoso rostro.

«Es extraño... La vida de una estrella del rock es asombrosa, pero tiene que ser difícil trabajar veinticuatro horas al día, los siete días de la semana.» Para Jonah, aquélla era su rutina habitual. Una vida tan frenética, un día tras otro, semana tras semana, debía de ser agotadora.

Era ya más de media noche cuando los acróbatas se fueron a casa y los periodistas finalizaron sus entrevistas. Dan estaba escudriñando el minibar cuando oyó una música distante. No era la música de Jonah... De hecho, era una melodía clásica. Para el asombro de Dan, reconocía la pieza. Era de Mozart, tal vez el más grande de los parientes Janus de Jonah.

Siguió el sonido hasta la habitación más pequeña de la suite y echó un vistazo en el interior. Broderick Wizard estaba sentado al borde de la cama, con una guitarra acústica entre las manos. Sus dedos eran una imagen borrosa sobre las cuerdas de nailon. Aunque Dan no supiese nada de música, pudo apreciar que el padre de Jonah tocaba con una gran habilidad.

—Eso suena increíble.

Broderick levantó la mirada, sorprendido.

—Ah... eres tú. —Dejó la guitarra sobre la cama, cogió su teléfono y comenzó a revisar sus correos electrónicos.

—¿Sabe Jonah que eres tan bueno? —preguntó Dan.

El padre de Jonah, incómodo, se aclaró la garganta y trató de esconderse tras el dispositivo de bolsillo.

—Yo era una prometedora estrella cuando estudiaba. Pero entonces conocí a Cora, y... Bueno, no toco demasiado mal, pero ya sabes, comparado con ellos...

Ellos, los Janus. ¿Por qué tocar música si no puedes ser como Mozart, o Scott Joplin, o John Lennon o Jonah Wizard? ¡Una actitud totalmente Cahill!

Dan se sorprendió al sentir una simpatía tan genuina por el padre de Jonah. Cualquier sueño que aquel hombre pudiera haber tenido en un pasado había desaparecido, a cambio de un lugar en la alfombra roja medio paso por detrás de su famoso hijo. ¿Y qué le quedaba a Broderick? Dolor en los pulgares, de tanto mandar mensajes.

Aquello hizo que Dan se plantease preguntas sobre su propio padre. Recordaba muy poco sobre sus padres, pero, como Broderick, Arthur Trent había sido un intruso que se había casado con una Cahill. Cuando la gente hablaba de papá, él no era más que la pareja de mamá, que trabajaba con Grace en la caza de las pistas. Había incluso criado a sus hijos bajo el apellido Cahill, tal como Grace había hecho con su hija. ¿A qué más habría renunciado para poder jugar en las grandes ligas con los fuertes bateadores Cahill?

Jonah apareció en la puerta, detrás de Dan.

—¿Os contáis secretos cuando os reunís sin mí, chicos? —dijo, clavando los ojos en la guitarra que estaba sobre la colcha.

Su padre parecía incómodo.

—Sólo estaba... ya sabes, matando el tiempo.

—¡Es buenísimo! —exclamó Dan, entusiasmado—. No todo el talento te viene del lado Janus, Jonah. Deberías escuchar a tu padre tocar. Es lo suficientemente bueno como para...

—Genial, primo —interrumpió Jonah con firmeza—. Vámonos. El coche nos espera fuera.

Su padre asintió, resignado.

—Vamos.

Eran las doce y veinticinco cuando la limusina plateada se detuvo frente al hotel Bell Tower.

—Dile al conductor que nos deje un poco más allá del museo de terracota —aconsejó Jonah a su padre—. El resto del camino lo haremos a pie. Lo último que queremos es que venga la poli a meter las narices.

—Entendido —confirmó Broderick—. Buena suerte, chicos.

—La suerte no tiene nada que ver en esto —respondió Jonah, con una gran confianza en sí mismo.

Avanzaron durante unos veinte minutos en el coche hasta que el conductor les informó de que estaban llegando.

Dan echó un vistazo por la ventana.

—Yo no veo ningún museo. Espera... ¿no será esa cosa que hay ahí?

La estructura que había aparecido ante ellos entre la oscuridad era baja y absolutamente descomunal... Tendría un ancho de unos cinco bloques y se extendía hacia atrás más allá de donde les alcanzaba la vista.

—Construyeron un hangar gigantesco sobre el emplazamiento de la excavación —explicó el padre de Jonah—. El más grande del mundo.

—Una locura —comentó Jonah—. Está bien, nosotros nos quedamos aquí. ¿Estás listo, primo?

—Allá vamos —respondió Dan.

Salieron del coche y siguieron su camino entre las sombras. La limusina se detuvo en un rincón entre unos arbustos.

Avanzaron velozmente y en silencio hacia el hangar. Estaba más lejos de lo que parecía... Su enorme tamaño creaba una ilusión óptica de proximidad. Los dos respiraban con dificultad mientras subían la escalera principal y se ocultaban tras las taquillas.

Jonah metió la mano en el bolsillo de su chaqueta de cuero negra y sacó un dispositivo que parecía una versión a mayor escala del teléfono de su padre.

—¿Es para llamar a tu padre cuando hayamos terminado? —preguntó Dan.

—Es un sensor de temperatura —explicó Jonah, en voz baja—. Un lugar como éste tiene que estar plagado de guardias. Podemos vigilarlos a través de esta pantalla.

Dan echó un vistazo a la pantalla. El enorme complejo estaba principalmente a oscuras, pero había al menos siete u ocho marcas de calor dentro y fuera del edificio.

Varias de ellas parecían estar todas juntas.

Dan se alarmó.

—¿Nos han visto?

Jonah vio que unas marcas pequeñas pero muy brillantes aparecían entre el grupo.

—Creo que tienen un descanso y están bebiendo café.

—Sí, pero ¿dónde? —insistió Dan.

—En la parte de atrás. Vamos, primo. ¡Puede que no tenga

mos una oportunidad mejor! —Jonah sacó dos trozos de masilla y los fijó en el cierre de las puertas de cristal, amasándolos al mismo tiempo. Se oyó el ruido de una chispa y la estrella sacó la mano apuradamente. Salió algo de humo de la cerradura mientras la reacción química iba quemando las piezas de la misma.

—Pensaba que a vosotros sólo os iba el arte —confesó Dan.

Jonah se encogió de hombros.

—Bueno, depende de a qué le llames tú arte. Robar también puede ser un arte. Esta cosa se la hemos cogido a los Ekat. —Abrió la puerta y entraron.

Dan se quedó boquiabierto. Enfrente de él se extendía una imagen asombrosa. Era como mirar a una enorme multitud de personas... en Fenway Park, por ejemplo. Con la diferencia de que éstas no eran reales. Un ejército al completo: soldados, caballos y carros de guerra, todos ellos hechos de barro cocido de color crudo. Miles de ellos, alineados en rangos distinguidos, siempre en guardia.

Jonah le hizo agacharse.

—Primo... ¡No somos turistas!

—¡Esto es lo más increíble que he visto en mi vida! —exclamó Dan, entre suspiros.

—Yo he visto cosas mejores —respondió Jonah—, hechas por mi propia rama.

—¡Sí, pero hay tantísimos!

—Éste es el plan: busca en la fila treinta y ocho al guerrero número cincuenta y tres del primer hoyo.

Dan parecía preocupado.

—¿Y tú qué?

—Yo iré contigo —prometió Jonah—. Estaré justo detrás de ti, vigilando a los guardias. ¡Date prisa!

A Dan le pareció que aquello tenía sentido. Saltó la verja y se adentró en la enorme excavación, donde los guerreros, que eran más altos que él, lo rodeaban. Cada uno era único.

Hizo una señal a Jonah y comenzó a contar filas, escondiéndose entre las altas figuras. El grado de detalle de las esculturas era asombroso. Los rasgos faciales y cortes de pelo, la textura de la ropa... Todo era distintivo. Pasó frente a un arquero que estaba arrodillado y se sorprendió al notar que había marcas de uso en la parte de abajo del calzado de la estatua. Desde cerca, pudo ver que, originalmente, los soldados habían sido pintados, pero que los colores se habían ido desvaneciendo con el paso del tiempo. El padre de Jonah les había dicho que los guerreros de terracota tenían más de dos mil años. Según la leyenda, cada estatua había sido construida a la imagen de un soldado real. Aquello le pareció algo increíble, aunque también espeluznante... pues aquellos miles de guerreros habían sido enterrados con su emperador para protegerlo en la vida eterna. Mientras caminaba entre las figuras, se le ocurrió que tal vez cada una de ellas tuviese un verdadero esqueleto en su interior... Entonces sí que formarían un verdadero ejército de la muerte.

«¡Concéntrate! ¡Si te pierdes, tendrás que volver atrás y comenzar de nuevo! Treinta y uno... treinta y dos... treinta y tres...»

Echó un vistazo a su espalda, pero Jonah había desaparecido. ¿Cuánto tiempo más podría durar el descanso de los guardias? El sensor de temperatura de Jonah no sería de gran ayuda si los encontraban.

Fila treinta y ocho. Giró hacia la derecha y comenzó a contar entre los rangos: Uno... dos... tres...

Al pasar, vio que los almendrados ojos blancos estaban paralizados. Aun así, no pudo evitar sentirse observado.

CAPÍTULO 17

Jonah se tumbó sobre su estómago, con un ojo clavado en el sensor de temperatura y el otro en Dan. El niño tenía agallas... Había que reconocer que lo hacía bien, incluso aunque fuese demasiado bobo como para darse cuenta de que lo estaban utilizando.

«No —se corrigió a sí mismo—. Pobre huerfanito. Mala suerte, eso es todo.» Tampoco creía que Dan y su hermana hubieran logrado jamás algo grande en la vida. Aunque Jonah tenía claro que él se había ganado su propio éxito, sabía que el hecho de ser hijo de Cora Wizard, la líder Janus, también había ayudado. Había nacido con un pie ya en el mundo del arte.

«Encuentra las treinta y nueve pistas y no necesitarás tener contactos. Serás tu propio hombre.»

El hangar estaba en modo nocturno, con la mayor parte de las luces apagadas. Si alguien más estuviese examinando las hileras de soldados, el canijo de Dan probablemente se libraría por los pelos de que lo pillasen, pues avanzaba escondido entre las figuras de terracota, que eran más grandes que él.

Qué gran locura eso de construir un ejército de mentira para proteger a un muerto. Pero como Janus, Jonah tenía que respetar a los antiguos chinos, que habían llevado a cabo todo aquello. Era para quitarse el sombrero. Desde su punto de vista privilegiado sobre las excavaciones, las interminables hileras de soldados parecían casi como las audiencias de uno de sus conciertos... aunque, por supuesto, allí no había fans frenéticas.

Comprobó el monitor. El descanso para el café aún duraba, pero no lo iba a hacer mucho más.

«Date prisa, primo.»

Miró la pantalla del sensor con los ojos entrecerrados. Alta tecnología, pero aún había que retocar un par de cosas. Se veía a todo el mundo, aunque era difícil verlo todo en perspectiva. Estaba seguro de que los guardias estaban hacia el fondo, aunque en el monitor aparecían justo en el centro y más altos. Había otros dos guardias de seguridad en los pasillos de los lados, también hacia atrás. El punto más pequeño que se movía era Dan. Pero...

Frunció el ceño. ¿Quién era aquel punto brillante de allí? Si el tipo estaba al fondo, entonces en la pantalla debería aparecer hacia arriba, donde estaban los del café.

Irritado, Jonah golpeó el sensor con dos dedos. ¡La pantalla de aquel estúpido aparatito le hacía creer que había otra persona justo en medio del ejército de terracota!

Y la luz de Dan Cahill iba directa hacia él.

«Veintisiete... veintiocho... veintinueve...»

Dan seguía su camino entre las hileras de guerreros. Había estado a punto de caerse al tropezar contra el casco de un caballo de terracota, pero al recuperar el equilibrio, acabó rascándose la barbilla contra el codo del arquero de la fila que tenía enfrente.

Según el padre de Jonah, originariamente todos los guerreros llevaban armas de verdad. «¡Podría haberme cortado la cabeza!» Obviamente, habría sido mucho más difícil moverse entre aquellas estrechas filas si hubiera espadas y puntas de flecha afiladísimas por todas partes.

Dan se subió a un montículo aún no excavado. «Cuarenta y siete... cuarenta y ocho... sólo unos pocos más, ahora...» Miró hacia delante con la intención de vislumbrar el número cincuenta y tres.

Primero vio la maza de batalla: una pesada bola de hierro con pinchos unida a un mango de madera con una cadena.

«Parece que algunos de ellos aún están armados...»

Pero aquel pensamiento fue rápidamente sustituido por otro:

«¡Si éste es el número cincuenta y tres, tal vez el arma sea la pista!»

Entusiasmado, avanzó hacia ella. Entonces notó que aquella figura era más pequeña que las otras. Además, el guerrero de terracota número cincuenta y tres se movía.

El asombro paralizó a Dan por un instante. Para cuando salió del trance, la maza atravesaba el aire directa hacia su cabeza. Sobresaltado, Dan se agachó y los letales pinchos pasaron cerca de su cabeza susurrándole una canción al oído. El codo de un guerrero se hizo añicos y la mano y el antebrazo de la estatua cayeron al suelo.

«No hay huesos ni ningún hombre muerto ahí dentro», pensó Dan... cuando debería estar centrándose en sobrevivir.

El impostor levantó su arma preparándose para otro golpe. Aterrorizado, Dan vio que su asaltante iba vestido de arriba abajo con espuma acolchada preparada para simular los colores borrosos del ejército de terracota. Llevaba una gran máscara de goma, diseñada para imitar los rostros y las expresiones de las estatuas. Visto desde cerca, no se parecía tanto, pero de pie entre miles de soldados más, habría sido imposible distinguirlo.

—¿Quién eres? —preguntó Dan, en un tono áspero.

Su respuesta fue otro ataque de la maza, un golpe devastador del que consiguió escapar por los pelos. Dan sintió una punzada de dolor, pues esta vez el metal había rozado su brazo de arriba abajo.

Todos los pensamientos racionales desaparecieron de la mente de Dan. Todos, excepto uno:

Correr.

¡Una trampa! Los ojos de Jonah estaban clavados en la pequeña pantalla donde los puntos que representaban a Dan y a su asaltante corrían escapando el uno del otro. Los guardias de seguridad aún no los habían visto, pero ¿cuánto tiempo podría durar aquello?

«¡Tengo que salir de aquí!»

El corazón de Jonah se movía casi tan rápido como sus piernas cuando echó a correr hacia la puerta principal, donde había quemado la cerradura. Y desde allí, a los torniquetes, la limusina y el hotel... Todo iba a salir bien...

Entonces se detuvo de repente. ¿Cómo podía dejar a su primo allí en peligro?

«¡Olvídate de Dan! ¡Lo has traído por si se trataba de una trampa!»

Dan era un niño de once años. Se había metido en aquel hoyo sólo porque Jonah lo había enviado allí.

«¡Qué mas da! ¡La vida es dura! ¡Tú eres un pez gordo! ¡El

hijo de Cora Wizard! La única esperanza de los Janus en la caza de las pistas...»

Abrió la puerta de golpe. El frío aire del exterior lo atraía: libertad, seguridad...

«¡Ahhhh!»

Jonah dio media vuelta, corrió hacia dentro y saltó al interior del hoyo. Avanzó entre las filas de guerreros, utilizando el sensor de temperatura para guiarse.

La cabeza le daba vueltas. «Si muero en China, ¡la prensa hará su agosto!» Tenía pensamientos entremezclados, pero uno de ellos era más importante que los demás: «¡Espera, primo! ¡Ya casi estoy ahí!».

Cuando vio al atacante, casi se cae de culo. ¡El tipo iba vestido como una de las estatuas! Se le salieron los ojos de las órbitas. El guerrero falso estaba haciendo girar una maza, preparándose para aplastar la cabeza de Dan.

—¡Eh, tú! —gritó.

El impostor se volvió y la maza deshizo en pedazos el rostro de un espadachín de terracota que tenía delante.

Dan saltó y se lanzó sobre la espalda de su atacante. Éste, enfurecido, le clavó el mango de madera.

Jonah agarró el traje de espuma con los puños y tiró con todas sus fuerzas. El material se desgarró revelando los pantalones de un chándal y una sudadera. El hombre levantó la mano golpeando con fuerza la mejilla de Jonah. La estrella salió volando y, aturdida, aterrizó sobre un carro de terracota.

Con un giro violento, el impostor lanzó a Dan por el aire liberándose de él. Después, se volvió amenazadoramente. Dan trató de levantarse, pero se golpeó la frente con el casco de barro de un caballo de batalla. El atacante levantó la maza muy por encima de su cabeza y se preparó para bajarlo con una fuerza aplastante.

Dan estaba viviendo un momento de auténtico horror. Estaba a punto de morir. Estaba demasiado encajonado como para echarse a un lado y la velocidad del impostor era imparable.

«Velocidad.» La voz del prior resonó en la mente de Dan. «La velocidad de tu adversario es tu gran aliada.»

Cuando el falso guerrero se acercó a él, con el brazo en alto dispuesto a propinarle el golpe fatal, Dan levantó un pie y lo colocó sobre su torso. Después, con las manos, agarró la espuma desgarrada del traje para guiar a su asaltante hacia arriba, sobre sí mismo.

Dan se sorprendió al ver la poca fuerza que tuvo que emplear. Tal como el maestro de *wushu* le había prometido, el pequeño Dan fue capaz de lanzar a ese enorme atacante a unos cuatro metros de distancia, llevándose por delante a varios guerreros como si fueran unos simples bolos. El hombre, inconsciente, yacía ahora sobre los escombros.

Dan y Jonah corrieron hacia él. Jonah sacó el mango de la maza del guante de espuma.

—¡Ha sido como ver a Jacky Chan en persona, primo! —exclamó la estrella, asombrada.

—¡Salgamos de aquí! —respondió Dan.

—Aún no —dijo Jonah con gravedad. Arrancó la careta del prisionero y le dio un bofetón para tratar de despertarlo.

El hombre se encogió de hombros, con la mirada vacía.

—No hablaré.

Dan abrió la riñonera del hombre y sacó un enorme fajo de de billetes de cien euros.

—¿De dónde has sacado esto?

Jonah blandió la bola de pinchos de la maza.

—Podemos refrescarte la memoria.

—¡Niños! —farfulló el hombre—. ¡Un niño y una niña!

—Sus nombres —insistió Jonah.

—¡No sé! ¡Hablaban como David Beckham, el futbolista!

—¡Con acento inglés! —exclamó Dan—. Los Kabra... ¡Te han tendido una trampa, Jonah!

—¡Nos la han tendido! —corrigió la estrella—. Y ahora ellos están muy por delante de nosotros. Además, ahora estamos en la ciudad equivocada, luchando por nuestras vidas.

—Les devolveremos la jugada —prometió Dan—. Pero primero tenemos que salir de este...

Su frase fue interrumpida por la alarma más alta que ninguno de los dos había oído jamás. Cuando sonó el primer pitido, su prisionero se levantó y echó a correr entre las hileras, rompiendo su disfraz.

Jonah y Dan no necesitaron más ánimos. Habían salido pitando, directos hacia la puerta principal.

Los guardias de seguridad estaban apiñados en los pasillos. Los haces de las linternas se cruzaban en los hoyos de excavación. Las luces de emergencia se encendieron. No había dónde esconderse.

Jonah tropezó con una de las figuras y acabó en el suelo. Dan lo ayudó a levantarse. Los dos primos salieron del hoyo y se subieron a una zona aún no excavada. Echaron una carrera hasta la entrada principal y salieron escopeteados por la puerta.

Jonah saltó el torniquete y cayó directo en los brazos de un policía. Un segundo más tarde, otro oficial se ocupó de Dan.

Los habían cogido.

CAPÍTULO 18

La celda donde estaban retenidos era diminuta y olía mal. Tal vez fuera, o quizá no, porque el cuarto de baño estaba justo en medio de la habitación, colocado como si estuviese rodeado por unas paredes invisibles. Dan esperaba no tener que quedarse tanto tiempo como para necesitar utilizarlo.

Si el joven Cahill estaba disgustado, Jonah estaba destrozado. Sus fans se sentirían defraudados con su ídolo del hip hop, que estaba sentado en el banco de madera, con un gesto cada vez más triste en su famoso rostro. Su eufórica confianza había desaparecido. De hecho, había dejado de hablar. Para Dan, que sólo había conocido al Jonah que se comía el mundo a bocados, el cambio le daba casi tanto miedo como su actual aprieto.

Dan trató de animarlo.

—Tu padre estaba aparcado sólo unos bloques más abajo. Seguro que ha visto lo que sucedía. Estoy convencido de que ahora mismo estará al teléfono tratando de mover algún hilo para sacarnos de la cárcel.

—Sí, lo que tú digas —farfulló Jonah.

Dan estaba desconcertado.

—¿No quieres salir de aquí?

Jonah se encogió de hombros.

—Me da igual.

—¡Pues debería preocuparte! ¡Tú tienes el mejor de los mundos al que regresar! Eres una estrella del rap, de la televisión...

—¿Crees que eso significa algo? —lo interrumpió Jonah—. En serio, en nuestra familia, si no te haces con las treinta y nueve pistas, ¡entonces no eres nada!

—De acuerdo —admitió Dan—. Ian y Natalie nos la han jugado. ¿Y qué?

Jonah estaba amargado.

—¡Que he fracasado en mi intento de hacer algo para lo que me he estado entrenando toda la vida! Sí, ponme en un estudio de grabación y conseguiré un disco doble de platino. Ponme en la tele y mi programa será un éxito. Ponme en la caza de las pistas y...

—¿Y a quién le importa esa búsqueda? —interrumpió Dan—. Después de todo lo que has conseguido, ¿crees que has fracasado porque no vas al frente de la caza?

—¡Soy un fracasado! —exclamó Jonah—. ¡Como Cahill y como persona! ¿No lo entiendes? ¡Te dejé tirado esta noche!

—¡No lo hiciste! ¡Y probablemente me hayas salvado la vida!

—Ya había salido por la puerta, primo —insistió Jonah—. Está bien, volví. Pero ya había salido.

—Eso prueba que no eres mala persona —razonó Dan—. Cualquier idiota puede hacer lo correcto. ¿Sabes qué es lo más difícil? ¡Hacer lo correcto cuando te han entrenado para hacer lo contrario! —Nadie podía entender aquello mejor que un Madrigal.

—¡Abandoné a un niño de once años en una trampa donde sabía que podía morir!

Dan dio un paso atrás.

—¿Sabías que había una trampa y que podía morir?

El famoso rostro frunció el ceño.

—Se suponía que tú eras mi señuelo. Si los guardias nos hubieran visto, te habría lanzado a los tiburones y listo. No es nada personal —añadió él, sin cambiar el gesto herido de Dan—. Son las pistas. Se supone que te convierten en el ser humano más poderoso de la historia... ¡Pero yo creo que te vuelven totalmente inhumano!

Dan no dijo nada, principalmente porque no tenía nada que decir. Ni siquiera estaba tan enfadado con Jonah. Dan sabía mejor que nadie cómo podía afectar a alguien la caza de las pistas. Ya había visto cómo había vuelto a Amy en contra de sus padres y cómo había separado a dos hermanos que apenas habían pasado un día lejos el uno del otro durante once años. Dan no podía escapar del creciente temor de que la separación no fuese temporal... Había muchas posibilidades de que nunca más volviese a ver a su hermana.

Al mismo tiempo, había sobrevivido a un combate mano a mano, utilizando técnicas que había aprendido de un maestro Shaolin... ¿no era eso impresionante?

Se oyó un traqueteo de metales chocando entre sí, y apareció el guardia, acompañado por Broderick Wizard.

—¿Estáis bien, chicos?

Su famoso hijo ni siquiera levantó la mirada, pero Dan se sintió aliviado al verlo entrar por la puerta. Él ya jamás podría contar con un padre que aparecía justo a tiempo.

—Estamos bien —le dijo Dan a Broderick—. Gracias por venir a buscarnos.

El padre de Jonah los dirigió con determinación por el edificio hasta donde los esperaba la limusina. Su paso veloz y las horribles miradas que estaban recibiendo por parte de los oficiales dejaban claro que se marchaban apurados por si acaso éstos cambiaban de opinión.

—Ni siquiera preguntes qué ha dicho la compañía de discos sobre esto —informó Broderick a su hijo mientras la limusina abandonaba la comisaría—. Han pedido favores que tardarán más de veinte años en devolver.

Jonah se desplomó sobre la tapicería de cuero.

—Pensaba que la imagen del «gángster» vendía bien.

—No en China —protestó Broderick—. Se toman los guerreros de terracota muy en serio, y tú has pulverizado seis de ellos.

—Échales la culpa a los Kabra —le defendió Dan— y al matón que habían contratado.

—Bueno, pues parece que se ha escapado —concluyó el padre de Jonah—, porque os han echado toda la culpa a vosotros. Y no os imagináis lo que costará hacerla desaparecer. ¡Venecia se enfurecerá! ¡Los Janus no han tenido que pagar nada tan grande desde que el león de Lufbery se perdió en Picadilly!

La respuesta de Jonah fue un suave ronquido. No había pegado ojo en toda la noche. Tampoco lo había hecho Dan, pero él estaba más despierto que nunca, incluso más que aquella vez que se había bebido casi dos litros de Red Bull. Vio el sol amanecer entre los miles de edificios de Xian a ambos lados de los muros de la ciudad antigua. El alba de un nuevo día que casi no vive para ver. Se sentía... afortunado.

Jonah se despertó cuando la limusina se detuvo frente al Bell Tower. Avanzó como un zombi mientras subían al ascensor privado del ático.

—Tienes una sorpresa esperándote en la habitación —prometió Broderick a su hijo.

—Y yo tengo una sorpresa para ti. Lo dejo. No más caza de las pistas para mí. No quiero seguir con ello. Me está convirtiendo en algo que no me gusta. Dile a mamá que tendrá que buscarse a otro idiota.

En ese momento, la puerta del ascensor se abrió, dándoles paso directo a la suite, donde una fuerte voz femenina declaró:

—¿Por qué no me lo cuentas tú mismo, Jonah?

Jonah puso los ojos como platos.

—¿Mamá?

Cora Wizard, escultora e intérprete internacionalmente conocida. El premio Nobel más joven de la historia. Líder legendaria de la rama Janus.

Dan la miró de arriba abajo. La mujer que estaba delante de ellos se parecía mucho a una... ¡hippy!

¡Sí! Llevaba una media melena recogida con una diadema y vestía una túnica holgada. ¿Era aquélla la madre de Jonah?

Sin embargo, observándola más de cerca, su apariencia ordinaria ocultaba el porte de un general de cinco estrellas. Sus ojos negros se movían como el mecanismo de focalización de un lanzacohetes guiado por láser. Alrededor del cuello llevaba una cuerda de la que pendía una moderna pieza de arte de cobre... una de las muchas por las que era famosa. Además, tenía a sus pies a una armada de los más brillantes y creativos artistas del mundo: miles de actores, músicos, directores, escritores, pintores, cómicos, escultores, magos y directores de espectáculos de todo tipo.

—Tienes que encontrar a otra persona que gane la competición en nombre de los Janus —dijo Jonah, afligido—. Yo no puedo seguir con esto.

—Yo también te he echado de menos, querido hijo ausente durante tres meses —respondió Cora, sarcásticamente. Dirigió su penetrante mirada hacia Dan—. Y tú, déjame decirte lo encantada que estoy de conocer finalmente al nieto de Grace.

—No me estás escuchando, mamá —interrumpió Jonah.

—Sabes que soy multitarea, querido. —Lo regañó con una voz que era al mismo tiempo maternal y firme—. Pronto recibirás la ayuda que necesitas. —Continuó charlando con Dan—: Tú y tu hermana sois el orgullo de la familia. Todo el mundo se pregunta cómo os las arreglaréis para manteneros a flote en esta caza. Pero ahora ya lo sabemos.

Dan esperó. ¿De qué estaría hablando?

—Durante todas estas semanas, os habéis estado preguntando a qué rama pertenecéis. Bueno, el misterio ha finalizado. Nuestro departamento de genealogía ha probado de una vez por todas que tú y tu hermana sois Janus. ¡Bienvenidos a nuestro clan!

Su marido aplaudió e incluso Jonah sonrió.

—Genial, primo. Sabía que había algo en ti.

Dan asintió débilmente. ¿Janus? ¡Pero eso era imposible! Él sabía perfectamente a qué rama pertenecía. Habría dado cualquier cosa para cambiar esa horrible verdad, pero, desgraciadamente, los deseos no servían para cambiarla.

¿Por qué estaría mintiéndole Cora? No era que la decepción lo incomodase. En realidad, se esperaba algo así de cualquier Cahill. Pero ¿por qué esa mentira en particular? ¿Estaría intentando reclutar a los niños Cahill para apoyar los esfuerzos Janus en la búsqueda de las 39 pistas? Esta mujer tenía maestros de *wushu* a su mando, así como esgrimistas y francotiradores. Con sólo hacer una llamada podría embarcar a Steven Spielberg, a Justin Timberlake y a medio Hollywood en un avión con destino a China. ¿Para qué necesitaba a Amy y a Dan? ¿Eran realmente tan buenos? La mayor parte del tiempo tenían la sensación de estar con el agua al cuello, peleándose todo el tiempo sobre cosas sin sentido porque la verdadera situación era horrible y no podían afrontarla. Sus padres habían muerto, la abuela también, eran fugitivos de los Servicios Sociales de Massachusetts y ahora su única ventaja, que era la fuerza de su unidad, también se había perdido.

—¿Y bien? —insistió Cora—. ¿No tienes nada que decir?

Anonadado, la miró fijamente. Se sentía como una mosca condenada a caer en la tela de una araña. Apartó la mirada de los ardientes ojos negros y se encontró observando la pieza de cobre de su collar.

Extraño. De una forma u otra, le parecía familiar. Aunque aquello no tenía sentido. Era la primera vez que ponía sus ojos sobre la madre de Jonah.

El recuerdo lo golpeó como un martillo. El impacto fue tan fuerte que perdió incluso el equilibrio. Sólo tenía cuatro años, pero nunca lo olvidaría. La escultura de metal estaba entre el puñado de objetos que habían sobrevivido al incendio. La pieza de arte que llevaba el micro... Aquel dispositivo de escucha.

«¡El collar de Cora es una réplica en miniatura de aquella escultura!»

Era una pieza de Cora, ¡un diseño personal suyo! Probablemente habría dicho que era un «regalo». Aunque, durante todo ese tiempo, no había sido más que una artimaña para espiar a sus padres... parte de un creciente ciclo de vigilancia y coacción que finalizó con el incendio que devoró a Hope y a Arthur y dejó a los niños huérfanos.

No, Cora no había prendido fuego a la casa. Pero sólo porque Isabel Kabra se le había adelantado. Todos eran culpables... todos aquellos Cahill que permitieron que sus ciegas ambiciones y deseos de poder alimentasen ese tren de huida que salía en busca de las 39 pistas. Había sido aquel imparable ferrocarril, tanto como cualquier fósforo llameante, el que había matado a sus padres.

Cuando por fin encontró su voz, sonó como la de un hombre mucho más alto y mayor, como si hubiera crecido diez años en los diez segundos que habían pasado. Era posible que antes estuviera ciego, pero ahora lo veía todo claro como el agua. El padre de Jonah no había tratado de encontrar a Amy. Lo habían mantenido con ellos para poder usarlo como una marioneta. Y ahora había entrado en escena aquella horrible mujer, partícipe en la confrontación que había desencadenado la muerte de sus padres.

—¿Janus? —respondió con desdén—. ¡Yo no soy un Janus! ¡Sé perfectamente a qué rama pertenezco!

Entró corriendo en el ascensor y se volvió para replicar por última vez. Estaba tan enfadado que no pudo contenerse:

—¡Soy un Madrigal!

Lo último que vio antes de que las puertas se cerrasen fue a la primera familia de los Janus que, boquiabiertos, se habían quedado de piedra.

CAPÍTULO 19

La multa por tirar un gato desde la Gran Muralla China resultó ser de cuatrocientos yuanes... unos cincuenta y nueve dólares americanos. Amy y Nella también dejaron una propina de unos cien yuanes al soldado que bajó a buscar a *Saladin* y se lo llevó de vuelta, más otros cuarenta y tres para comprar pomadas y vendas para tratar los rasguños que se había hecho.

El hotel era más bien una casa de huéspedes... pero tenía lo indispensable. Se llamaba Golden Monkey, o sea, el «mono dorado». No había en él monos, pero sí un par de cucarachas que podrían haber pasado por titíes pigmeos.

Amy apenas fue consciente de lo deprimente y enana que era aquella habitación llena de insectos. Por su cabeza sólo pasaba Dan.

—La hemos fastidiado, Nella —dijo, mirando por la ventana manchada de moscas los distantes terraplenes de la Gran Muralla—. O estábamos en diferentes lugares. A estas alturas, podría estar en cualquier sitio. Es posible que ya no estén siquiera en China. Por lo que sabemos, estamos en el continente equivocado.

Nella estaba sentada ante el diminuto escritorio, encorvada sobre el ordenador portátil de Dan.

—Eh, ven a mirar esto.

—¿Has encontrado a Jonah? —preguntó, entusiasmada.

—No, pero he estado pensando en tu idea... Lo de que Puyi debía de estar trabajando en algo relacionado con los Cahill cuando lo expulsaron de la Ciudad Prohibida. Y que es posible que consigamos descubrirlo investigando los eventos más importantes que tuvieron lugar alrededor del año 1924.

—No me importa —gruñó Amy—. Lo único que quiero es que Dan vuelva.

Nella levantó la mirada bruscamente.

—A ver, corazón, tienes que calmarte. La caza de las pistas aún no ha finalizado y ahora es doblemente importante. Jonah aún está en ello, por lo tanto es posible que ése sea el modo más fácil de seguir el rastro de Dan. Veamos, he hecho una lista de algunos de los titulares de los periódicos de principios de los años veinte. Comprobemos si alguno de ellos nos recuerda al mundo Cahill.

Frustrada, Amy se levantó y se unió a ella. Obviamente, su niñera tenía razón. Como no tenían ni idea de por dónde comenzar a buscar a Dan, lo único que podían hacer era perseguir las 39 pistas con la esperanza de que el muchacho estuviese haciendo lo mismo.

Echó un vistazo a la pantalla:

Cae un meteorito de 20 toneladas en Blackstone, Virginia.

Egipto se independiza.

El presidente Harding muere en su oficina.

Empieza a construirse el Estadio Yankee.

George Mallory y Andrew Irvine se pierden en el monte Everest.

El Gran Terremoto de Kanto asola Japón.

Primera ejecución con gas venenoso en EE. UU.

J. Edgar Hoover es nombrado director del FBI.

Amy leyó la lista de tres páginas al completo y, con un suspiro, se recostó en su asiento.

—No lo sé. Creo que Grace debió de mencionar alguna de estas cosas a lo largo de los años, pero no estoy segura. Lo cierto es que, aunque murió hace sólo un par de meses, ya tengo dificultades para recordar el sonido de su voz.

Saladin se frotó contra su pierna y maulló comprensivamente.

—¿Qué podemos hacer, entonces?

Nella se encogió de hombros.

—Sugiero que volvamos a la muralla. Ya que estamos aquí, creo que vale la pena intentarlo por segunda vez.

Amy asintió. No tenían más indicios... ni de Dan, ni de la caza de pistas. Si ese día no conseguían nada, entonces todo sería una pérdida de tiempo.

Los palpitantes acordes de punk rock sonaban metálicos y distorsionados a través del diminuto altavoz.

«Hola, soy Nella. Probablemente haya salido a comer algo de lo que nunca has oído hablar o esté escuchando una música que podría hacerte estallar la cabeza. Así que... ¿a qué estás esperando? Deja un mensaje.»

El cortante pitido atravesó el oído de Dan, que se desplomó sobre el cristal de la cabina telefónica. Aunque no confiaba demasiado en ello, esperaba que el problema del teléfono móvil se hubiera solucionado, que el mensaje de la niñera estuviese equivocado y que la voz familiar de la muchacha respondiese al aparato.

—Soy yo, Dan —tartamudeó—, perdonad que no haya llamado antes. Pensaba que el padre de Jonah estaba dejando mensajes por mí. Es una larga historia. Estoy en... Bueno, supongo que eso no importa porque soy yo el que ha de encontraros a vosotras. Eh... nos vemos pronto, o eso espero.

Colgó el teléfono e inmediatamente volvió a levantar el auricular de su base para añadir:

—¡Os echo de menos! —Pero ya era demasiado tarde. Se había perdido la conexión.

Las calles del centro de Xian estaban desiertas cuando Dan abandonó a toda prisa el hotel Bell Tower. Ahora estaban atestadas, como las de Boston en hora punta. Los vendedores ambulantes atascaban las vías; aromas de extrañas comidas emanaban de todos los escaparates; pollos desplumados colgaban junto a teléfonos de última generación en las vitrinas. Los sonidos eran altos y discordantes. Las bicicletas y motos competían con los autobuses por un poco de espacio en la calzada.

Encontrarse allí solo, un niño extranjero en medio de aquel caos, debería haber asustado a Dan. Sin embargo, tan sólo estaba enfadado, principalmente consigo mismo.

«¿Qué he hecho?»

Había confiado en Jonah, alguien que siempre había probado no ser de fiar. Y había abandonado a Amy cuando tenía que haberse quedado con ella. De pie y solo en aquella calle, creyó que era la persona más imbécil de la tierra. Ella era todo lo que tenía en el mundo, y él era lo mismo para ella.

Ahora era demasiado tarde. No tenía ningún modo de encontrar a Amy, ni ninguna forma de averiguar qué indicios estaría siguiendo, ni siquiera sabía qué hacer para entregarse a los Servicios Sociales... o aún peor, a la tía Beatrice. Lo más peligroso, seguramente, era que había dado a conocer la verdad sobre su más profundo y oscuro secreto. Ahora todos sabrían que Amy y él eran Madrigal. ¿Y para qué? ¿Por el placer de ver a los Wizard asombrados durante unos segundos?

Sonrió muy a su pesar.

«Fueron unos segundos estupendos.»

Aun así había sido una estupidez. Ahora sería el blanco de todo el mundo, igual que Amy.

«Debería haberla avisado.»

Claro que ¿quién sabía si Nella escucharía su buzón de voz, sabiendo que su teléfono no funcionaba en China?

El chaparrón fue repentino... litros de agua descendían por las calles de Xian. Los vendedores ambulantes se levantaban tratando de proteger sus mercancías; los peatones corrían a ponerse a cubierto. Dan bajó unos peldaños y se metió en una sala de juegos que se encontraba en un sótano bastante sucio. De acuerdo... Quizá fuese eso lo que necesitaba. Destrozar alguna nave espacial tal vez le ayudase a tranquilizarse. Un pequeño desayuno también le vendría bien. Su dinero chino sería suficiente al menos para eso.

Examinó la selección de chocolatinas que había al lado de la caja, pero sus ojos se clavaron en un enorme televisor que retransmitía las noticias de la CNN Internacional.

Casi le da un ataque al corazón al ver de qué estaban hablando.

Esta vez *Saladin* no protestó porque lo llevasen en brazos por la Gran Muralla. La seguridad de los brazos de Nella parecía un buen lugar a los ojos del minino.

La multitud era tan densa como la del día anterior. Aquello

puso a Amy de los nervios, aunque no tanto como el hecho de que no hubiera rastro de Jonah, ni nada que le indicase cuándo podría ir allí. De alguna forma, el calendario de la estrella debía de haber cambiado. Se habría ido a otro sitio, arrastrando a Dan con él, o aún peor, dejándolo solo en algún lugar de aquel extraño país. No era la primera vez que pensaba en la embajada de Estados Unidos en Pekín. Sí, equivaldría a un viaje de ida a los Servicios Sociales de Massachusetts, pero, aun así, si ella no podía registrar la nación más poblada del mundo en busca de un niño de once años, no tendría más remedio que recurrir a alguien que pudiera hacerlo.

La pregunta era cuándo. ¿Cuándo sería el momento más adecuado para dejarlo todo en manos de los profesionales, que tendrían el poder de llevar a cabo una búsqueda más efectiva? Ya habían pasado cuatro días desde la última vez que vio a Dan.

Caminaron varios kilómetros, sin detenerse ni dejar de buscar. El gentío disminuía a medida que se alejaban de la principal zona turística de la sección de Badaling.

Amy tenía la sensación de que sus pies eran bloques de granito y sus ánimos andaban de capa caída. La rendición era algo impensable, pero la muralla se extendía a lo largo de miles de kilómetros.

Una pareja que se cruzó con ella le pidió que les sacase una foto.

—Por supuesto. —Llevó el ojo derecho hasta el visor de la cámara, que parecía bastante cara, y comenzó a ajustar la lente del objetivo. Cuando centró el marco alrededor de los jóvenes, la torre que estaba detrás de ellos se volvió más visible. Frunció el ceño al ver el carácter chino pintado en la puerta de madera.

«¿Por qué me suena tanto eso? Si yo no puedo leer chino...»
Lo recordó mientras sacaba un par de fotos y devolvía la cámara a sus dueños.

—Nella, ¿no es ése el símbolo que Alistair garabateaba ayer en su mantel?

La niñera entrecerró los ojos para mirarlo.

—Creo que tienes razón. Pero ¿por qué iba a escribir alguien la palabra «encanto» en una vieja puerta de la Gran Muralla?

La turista a la que Amy había fotografiado les dio la respuesta:

—¿Encanto? Ésa no es la mejor traducción. Yo diría que significa «gracia».

A primera vista aquella atalaya no parecía distinta de todas las otras con las que se habían cruzado... una estructura de piedra que en sus tiempos había sido una torre de vigilancia en la frontera mongola. Las ventanas eran pequeñas aberturas diseñadas más para los arqueros que para la entrada de luz. Una antigua escalera iba a dar a la base de la edificación, que probablemente sirviese entonces de barracón y de arsenal.

Nella señaló algo.

—Mira. —Indicó otra escalera que daba a lo alto de la torre. Eso era algo inusual. Comenzaron a subir. En el rellano se encontraron con otra puerta que contenía el mismo carácter de antes: «Gracia». Estaba cerrada.

—Sujeta al gato. —Nella lanzó a *Saladin* a los brazos de Amy. Del bolsillo de sus vaqueros sacó dos pasadores para el pelo y los introdujo en el interior de la cerradura. Amy pudo observar que la niñera tenía una gran habilidad abriendo puertas de improviso... Además, aquello era muy raro porque Nella no usaba pasadores. En ese momento se oyó un clic y la puerta se abrió.

Se encontraron a sí mismas en una habitación cuadrada y sin ventanas, a excepción de un tragaluz redondo, justo encima de ellas. Había seis mesas de madera de alturas variadas, un montón de relojes, jarrones de cristal, diminutos espejos enmarcados, figurillas en cajas de vidrio y altas copas.

—Vaya... —protestó Nella—. Acabamos de colarnos en el almacén de baratijas de alguien.

Amy frunció el ceño.

—No puede ser una coincidencia. «Gracia» es lo mismo que Grace... El nombre de mi abuela está en la puerta y todas estas cosas, aquí. ¿Qué querrá decir eso?

—Son sólo un montón de cachivaches... el tipo de cosas que encuentras en el ático de una anciana. O sea, ¿tú crees que en el país donde inventaron el *feng shui*...?

—¡Exacto! —exclamó Amy—. ¡Grace era una fanática del *feng shui*! Hablaba constantemente de lo importante que era colocar las cosas de manera que la energía positiva pudiese fluir sin problemas.

—Su casa siempre se veía muy bien —admitió Nella—. Hasta que los idiotas de tus parientes la quemaron.

—¡Es mucho más que eso! —insistió Amy, cada vez más emocionada—. Grace dedicó horas a enseñarme cosas sobre el *feng shui*. Tal vez supiera que la caza de las pistas acabaría trayéndome a esta habitación algún día.

Nella estaba pasmada.

—¿Estás diciendo que tu abuela montó un puzle de *feng shui* para ti a más de quince mil kilómetros de Massachusetts?

Amy movió la cabeza.

—No, creo que Grace encontró el puzle en uno de sus viajes por China y que marcó el lugar pintando su nombre en las puertas.

—Y si ella no hizo esto, entonces ¿quién pudo haberlo hecho?

Amy examinó las paredes vacías en busca de algún tipo de rastro que le indicara quién podría haber creado aquel estrambótico rompecabezas. Cuando vio las apenas perceptibles letras rascadas en la piedra a la altura de la vista, se echó a reír. Había un nombre escrito en mayúsculas: «HENRY».

Nella estaba desconcertada.

—¿Quién es Henry?

—No hace mucho que lo investigamos, ¿no te acuerdas? —explicó Amy, casi sin aliento—. ¡Henry es el nombre inglés que adoptó Puyi! ¡Todo esto es obra del último emperador de China en persona! Las cosas no parecen demasiado viejas, así que debió de hacerlo en sus últimos años de vida, ¡cuando salió de la cárcel!

La niñera puso los ojos en blanco.

—¿No te parece totalmente Cahill? ¿Por qué simplemente decir algo cuando puedes transformarlo en un puzle de *feng shui* en la Gran Muralla China?

Amy le entregó de nuevo a *Saladin* y se remangó.

—Espera —dijo Nella—. No tendrás la intención de arreglar todo este desorden, ¿verdad?

—Por supuesto que sí. Si Grace me convirtió en una experta, seguro que tenía una razón. Sólo hay un problema. Ella tenía una especie de brújula china especial... Ella la llamaba *luopan*. Pero no tengo nada que se le parezca.

—¿Qué me dices de eso? —preguntó Nella señalando hacia abajo.

Las baldosas del suelo formaban un elaborado diseño de círculos concéntricos con cientos de marcas chinas.

—¡Eso es! —exclamó Amy, con los ojos iluminados—. El *luopan* de Grace tenía partes movibles para poder llevarlo de una casa a otra. Éste es fijo, así que está permanentemente alineado al norte magnético.

—Supongo que nadie va a mover la Gran Muralla después de dos mil años —confirmó Nella.

Primero, Amy colocó las tablas, consultando la *luopan* constantemente para conseguir la armonía de las esquinas con la placa de tierra y marcar el cielo. El siguiente paso era la minuciosa colocación de las piezas más pequeñas según los principios del *feng shui* sobre el flujo del *qi*, es decir, la energía.

Sabía que no se trataba de un puzle en el sentido habitual. No había una única solución, sino varios diseños que podrían ser correctos y aceptables. Pero ¿produciría cualquiera de ellos el resultado que Puyi buscaba?

Ahora estaba distribuyendo las figurillas, girándolas adecuadamente para que sus rostros estuviesen en el ángulo correcto según las veinticuatro direcciones marcadas en el *luopan*.

Finalmente, dio un paso hacia atrás e inspeccionó su trabajo.

—¿Ahora qué? —preguntó Nella.

Amy no sabía qué responder. ¿Habría cometido algún error?

¿O acaso el *feng shui* no pintaba nada en todo aquello, en realidad?

Nella sonrió compasivamente.

—Bueno, es posible que no seas la primera en reunir las pistas, pero si algún día necesito una decoradora de interiores, cuenta con el trabajo.

Amy estaba desconcertada. ¿Cómo podía haberse equivocado? Lo tenía tan claro...

Examinó detenidamente la distribución y se inclinó hacia delante para enderezar un espejo que parecía algo desalineado en referencia a la línea de cruce roja. Dio un paso hacia atrás y entonces lo vio.

Un haz de luz entró directamente desde el tragaluz, chocó contra el espejo y rebotó de un objeto a otro. Instantáneamente, la opaca habitación estaba plagada de brillantes rayos de luces.

—¡Vaya! —exclamó Nella.

Amy miraba fijamente. El producto de aquella sinfonía de reflejos era una imagen proyectada en la pared gris al norte magnético indicado por el *luopan*. Se trataba de una V invertida, con una pendiente mucho más empinada que la otra.

—¿Qué es eso? —preguntó Nella.

Para Amy, la silueta era inconfundible.

—¡Ya sé dónde está la próxima pista! —exclamó. De debajo de su camiseta, Amy sacó la pieza de seda doblada con el mensaje que habían encontrado en la Ciudad Prohibida. Allí, en las entrañas de la Gran Muralla, acababan de descifrar la explicación del poema que Puyi había escrito cuando era mucho más joven.

—Es donde la tierra toca el cielo.

CAPÍTULO 20

La pantalla de televisión de la sala de juegos mostraba un paisaje inclinado de un blanco puro. Una brisa huracanada cada vez más fuerte soplaba en el micrófono de un periodista de la CNN que llevaba un enorme abrigo. El reportero tenía que gritar para hacerse oír.

«La temporada de otoño de escalada aquí en el monte Everest casi ha finalizado y, por lo que parece, el invierno se ha adelantado bastante. En la actual batalla entre el hombre y la montaña, esta ronda la gana la cordillera. Ni un solo escalador ha alcanzado la cima, y los derrotados equipos ya están camino de sus casas... Todos excepto los más pertinaces, que se están resguardando de la tormenta...»

Mientras el hombre hablaba, una enorme y corpulenta silueta apareció en escena, corriendo ágilmente contra el viento. Llevaba un picahielos, una enorme mochila y crampones puntiagudos en los pies. A pesar de la voluminosa carga y las terribles condiciones, el escalador se movía con una facilidad atlética. Justo antes de que se tapase los ojos con las gafas, la cámara enfocó su rostro.

Dan emitió un pitido igual a los que le provocaban sus peores ataques de asma.

Hamilton Holt.

Los Holt: una familia de los Cahill que acababa de dar un salto hasta la siguiente pista. ¡Los musculitos de los Tomas estaban trepando el Everest!

La frustración casi lo derrumbó allí mismo, en la sala de juegos. Ahora ya sabía dónde estaba la siguiente pista. ¿Y qué? ¡No había forma de contactar con Amy!

La sensación empezó en la base de su columna vertebral y se expandió hacia fuera hasta que le invadió todo el cuerpo. Era lo mismo que había sentido después del funeral de Grace, cuando William McIntyre les había explicado todo lo relacionado con las 39 pistas: un propósito urgente con infinitas posibilidades. ¡La oportunidad de convertirse en las personas más poderosas del planeta y de moldear la historia! Una oportunidad tan increíble que dos huérfanos de Boston habían rechazado dos millones de dólares a cambio de poder participar en la caza.

En aquel momento, había sido Amy, principalmente, la que se había mostrado decidida a abandonarlo todo y unirse a la competición. Sólo habían pasado algunas semanas, pero Dan había vivido muchas experiencias desde entonces. Había viajado por el mundo y había sentido un miedo que muchas personas sólo sienten en sueños. Había estado a punto de morir por lo menos una docena de veces. Todo eso te cambia. La vida es distinta cuando has visto el rostro de la muerte.

Ya no era el mismo Dan Cahill... aquel que habría preferido quedarse con el dinero y comprar cromos de béisbol. Ahora estaba totalmente involucrado en el destino que Grace les había preparado. ¿Cómo podía haber sido tan tonto como para pretender dejarlo? Nunca podría abandonar la caza de las pistas. ¡Había nacido para ello! Quién sabía el número de kilómetros que se interponían entre él y su hermana, pero siempre que los dos estuviesen persiguiendo las 39 pistas, nunca estarían del todo separados.

Los modos de obrar de Cora Wizard o Isabel Kabra no podían concederles la posibilidad de dominar el mundo.

«¡Tengo que viajar hasta el monte Everest!»

La sala de juegos tenía una hilera de ordenadores. Dan se apresuró para sentarse en uno libre y abrió el explorador de Internet. El dueño del negocio corrió hasta él y comenzó a gritarle en mandarín. Dan lanzó una bola de billetes chinos arrugados sobre el ordenador, con la esperanza de que le llegase para utilizar el ordenador un rato.

Monte Everest... monte Everest... Allí estaba, en la frontera entre Nepal y el Tíbet. Y... de acuerdo, el Tíbet estaba en la esquina suroeste de China. No es que estuviera demasiado cerca, pero por lo menos no necesitaba irse a la otra parte del mundo.

Siguió investigando. Era genial volver a estar en línea. Amy se sentía cómoda rodeada de libros polvorientos, pero Dan se sentía más en casa cuando navegaba por la red.

La pantalla le mostró un horario de trenes. Allí estaba... un tren con salida desde Pekín, China, directo a Lhasa, en el Tíbet. Una de las paradas, a medio camino, era Xian. Hizo un gesto de dolor. ¡Cuarenta horas de viaje!

«¡Me volveré loco!»

Un viaje en avión habría sido mucho más rápido, pensó. Sin embargo, no tenía pasaporte y no le llegaba el dinero.

«Y no puedes ir de polizón en un avión.»

—«Estoy en... bueno, supongo que eso no importa porque soy yo el que ha de encontraros a vosotras. Eh... nos vemos pronto, o eso espero.»

Nella dio un paso atrás en la cabina telefónica del aeropuerto de Pekín, suspirando aliviada. Hacía ya diez horas que Dan había dejado el mensaje. ¡Pero estaba vivo! Un poco conmocionado, pero vivo. No pudo esperar a contárselo a Amy.

El maratón que las había llevado hasta aquel lugar las había mareado. Una carrera de unos doce kilómetros por la Gran Muralla hasta llegar a la zona de autobuses; una hora de autobús, que se había convertido en tres gracias al tráfico de Pekín, y un viaje en taxi hasta el aeropuerto. Todo eso, llevando en brazos a un gato muy enfadado.

Amy salió del lavabo de mujeres y comenzó a caminar hacia la enorme explanada.

—¿Has conseguido los billetes?

Nella asintió amargamente.

—Agárrate fuerte, chiquilla. No podremos viajar hasta mañana.

—¿Eh? ¿Por qué?

—Porque hace falta un permiso de viaje especial para ir al Tíbet —explicó la niñera—. Esta noche sólo nos dejan viajar hasta Chengdu. Allí podremos recoger los permisos mañana por la mañana y después tomar el siguiente avión a Lhasa. Pero tengo una noticia aún mejor: hemos recibido un mensaje de Dan.

El grito de alegría de Amy hizo eco contra las empinadas curvas del edificio de la terminal. Las personas que había a su alrededor se volvieron para mirarlas. Un guardia de seguridad volvió la cabeza para investigar de dónde provenía aquel disturbio.

Rápidamente, Nella puso un brazo alrededor de los hombros de Amy y la llevó hasta la cabina para que pudiese oír la grabación ella misma. Escuchó el mensaje unas cuatro veces antes de colgar el teléfono definitivamente. Temblaba de la emoción.

—Parece asustado.

—Eh. —La voz de Nella era amable pero firme—. Éstas son buenas noticias, ¿te acuerdas? Claro que (está) asustado. Parece que se ha separado de los Wizard. Eso tampoco es demasiado malo. ¿O acaso confiabas en esos artistas de pacotilla?

—Pero está completamente solo —se lamentó Amy—. ¿Por qué no nos dijo dónde estaba para que hubiésemos podido ir a recogerlo?

—Piensa que tu hermano no tenía ni idea de si íbamos a escuchar el mensaje o no. Por lo que él sabía, podía pasarse días esperándonos y que probablemente no apareciéramos. Tendremos que confiar en su palabra y pensar que está tratando de encontrarnos. —Movió la cabeza con aires de impotencia—. Sólo Dios sabe cuándo lo conseguirá.

—Siguiendo con la caza de las pistas —añadió Amy, optimista. El proceso de obligarse a sí misma a pensar con lógica la ayudaba a controlar sus emociones y su mente.

—¡Sí, pero estás hablando de ir al monte Everest!

Amy asintió con amargura.

—¡La silueta que vimos en la sala del *feng shui* era el Everest, que es muy empinado por una ladera pero más gradual por la otra! ¿Recuerdas la lista de titulares de principios de los veinte? ¡George Mallory murió en lo alto, al norte de la cresta del Everest, en 1924! Mucha gente cree que realmente alcanzó la cima y que alguien lo asesinó durante el descenso y no en el trayecto de ida.

—He leído cosas sobre él —dijo Nella—. Es el tipo que dijo que iba a escalar el Everest «porque está ahí».

Amy asintió.

—Aunque yo creo que tenía otras razones para subir. ¿Y si era un Cahill, igual que Puyi? En 1924, Puyi hizo algún tipo de adelanto en la caza de las pistas, pero sabía que sus días en la Ciudad Prohibida estaban contados. Así que se buscó a otro Cahill que pudiera esconder la pista por él «donde la tierra toca el cielo». En otras palabras, en la cima de la montaña más alta del mundo. ¿Te parece tan imposible?

—¡Es totalmente imposible! —exclamó Nella—. ¡Es el cuento de hadas más simple y loco que he oído jamás! —Una extraña expresión apareció en su cara—. De hecho, es el tipo de locura que suele ocurrírsele a tu familia. Un escondite normal no es lo suficiente bueno para vosotros, pandilla de tarados. ¡Tenéis que escoger el monte Everest!

—Tal vez hubiera otros factores —sugirió Amy—. El Everest es muy frío y el aire es puro; la presión atmosférica es baja. Puede que Puyi necesitase un almacenamiento seguro a largo plazo.

—Bueno, hay algo en lo que quizá igual no hayas pensado —la retó Nella—. Una cosa es llegar hasta el monte Everest y otra muy distinta subir hasta la cima. No es sólo ponerse a caminar y trepar sin descanso. Aunque la montaña no te detenga, lo hará la altitud. La gente dedica semanas a la aclimatación. ¡Si subes demasiado rápido puedes morir!

Amy sonrió insegura.

—Creo que tengo una idea que podría ahorrarnos ese problema.

En la búsqueda de las 39 pistas, Dan Cahill había sido maltratado, habían intentado ahogarlo, le habían puesto bombas, había sido envenenado y hasta enterrado vivo. Y sin embargo su situación actual era la más peligrosa de todas. Se estaba aburriendo a más no poder.

Un viaje de mil quinientos kilómetros en el tren más lento de Asia, a lo largo y ancho del continente, a un traqueteo por hora.

Y eso que todo había comenzado bastante bien en la estación de Xian. Mientras los pasajeros se subían en los vagones de delante, Dan se las había arreglado para colarse en uno de carga y esconderse entre los sacos de arroz. Allí se encogió en una esquina, sin ni siquiera atreverse a respirar mientras el personal terminaba de cargar el coche.

«Que no te descubran.» Si lo echaban del tren, no habría ningún otro hasta el día siguiente. No había tiempo que perder. El viaje ya iba a ser lo suficientemente largo por sí solo.

Sin embargo, poco después, el ferrocarril se puso en marcha y todo se volvió más real. Treinta horas metido en aquel carruaje en compañía del arroz, un perro que dormía en un trasportín y... ¿qué era aquello de allí? Oh, vaya... ¡un ataúd! Su compañero de viaje era un muerto.

Con el paso del tiempo, el féretro se volvió menos tenebroso y más intrigante. A la cuarta hora, Dan se había convencido a sí mismo de que sería una falta de respeto hacia el difunto no echar un vistazo en el interior del ataúd.

Estaba vacío. Al principio se sintió aliviado, e inmediatamente después, decepcionado. Miró la hora. Todavía faltaban otras veinticinco horas de viaje.

La peor parte, aún peor que el aplastante aburrimiento, era el hecho de que, mientras él se desesperaba en la Tortuga Express, los Holt estaban escalando el monte Everest en busca de la pista.

A medida que el viaje avanzaba, el tren iba ascendiendo el

altiplano tibetano. Dan no notaba el ascenso de una forma directa, pero lo sentía de otras maneras: un horrible dolor de cabeza, fatiga y una sed horrible. En la página web de la compañía ferroviaria había una advertencia sobre aquello. Lhasa, la estación que se hallaba al final de la línea, estaba a unos tres mil quinientos kilómetros de altura. Una persona de Boston, que había vivido toda su vida al nivel del mar, necesitaría algún tiempo para aclimatarse.

Además, tenía mucha hambre. Tanta, que metió una mano en el trasportín del perro y cogió una de sus galletas. Estaba asquerosa: una galleta con sabor a carne y un montón de sal, lo que le dio aún más sed.

El lento viaje se volvió todavía más lento y el tren se detuvo chirriando en una estación más. Un segundo más tarde, escuchó voces y a alguien que trataba de abrir el cierre de la puerta corredera.

No tenía tiempo ni otra opción. Sintió pánico y se metió en el ataúd, cerrando la tapa sobre sí. Justo a tiempo. La puerta del vagón de carga se abrió y se oyeron los pasos de algunas personas que estaban conversando. Él permaneció tumbado, con una gran aflicción, rezando por que no le diera un ataque de asma.

En realidad sólo fueron un par de minutos, pero a él le pareció mucho más tiempo. Finalmente, la pesada puerta del carruaje se cerró y el tren volvió a avanzar. Trató de empujar la puerta del féretro.

No se movía.

«¡Estoy encerrado aquí dentro!»

CAPÍTULO 21

Un miedo atroz se apoderó de él. Se puso de rodillas y comenzó a empujar la tapa con toda la fuerza de su cuerpo.

De repente, se oyó un ruido metálico y la resistencia desapareció. Dan salió disparado del féretro, como si se tratase de un misil lanzado por un cañón. Aterrizó de un salto sobre el saco de arroz que tan sólo un instante antes habían dejado apoyado sobre la tapa del ataúd.

Trató de reírse de la situación, pero lo cierto era que no tenía ninguna gracia.

Echó un vistazo a su alrededor. El perro ya no estaba allí, así que se había quedado sin galletas de carne. En el lugar donde estaba el trasportín de la mascota, ahora había tres enormes latas de acero inoxidable. Algo chapoteaba en su interior. Había decidido bebérselo, a menos que fuese ácido sulfúrico.

Echó un vistazo al sello. Se trataba de leche. Probablemente fuese de cabra, o incluso quizá de yak. No estaba pasteurizada. Vaya asco.

Nada le había sabido tan bien en su vida.

A una altura de ocho mil metros, el Collado sur del monte Everest ya era más alto que casi todas las montañas del mundo. Aquella plataforma yerma, rocosa y erosionada se encontraba donde el Everest se unía con su pico vecino, el Lhotse, creando así el valle más elevado, frío e inhóspito sobre la faz de la tierra.

Era una noche típica en el collado: ochenta grados bajo cero, con vientos continuos que, en cualquier otro lugar del mundo, se habrían considerado un huracán de segunda categoría.

—¡¿No te parece precioso, Ham?! —gritó Eisenhower Holt para que se le oyera a pesar del fuerte temporal—. ¡Un viento como éste habría lanzado a un Ekat o a un Lucian montaña abajo! ¡Por fin esta competición nos conduce a algo que se nos da bien a los Holt!

Era ya casi la hora de que se pusiesen de camino a la cima. En el Everest, los equipos que se dirigían a la cumbre salían a medianoche para así alcanzarla a mediodía y tener tiempo suficiente para descender mientras aún hubiese luz. Los Holt estaban ansiosos por comenzar el ascenso. Lo estaban disfrutando como cualquier verdadero atleta que anticipa un desafío físico monumental. Durante la mayor parte de la caza de las pistas, habían sido engañados y superados por sus competidores. Aun así, hacía tiempo que los Tomas sabían que George Mallory había estado confabulado con el emperador Puyi cuando el legendario montañero había desaparecido en el Everest en 1924. Lo que nunca se habrían imaginado aquellas ramas sabihondas era que Reginald Fleming Johnston, el tutor de Puyi, no era tan sólo un científico Janus, sino también un astuto espía Tomas. Demasiado astuto... Johnston nunca había revelado a nadie, ni siquiera a sus empleados

Tomas, lo que Mallory transportaba hasta la cima. Había sido necesaria la persuasión al estilo Holt, pero finalmente, el nieto de Johnston había revelado el secreto sobre lo que había allí arriba. Y aquel premio sería más que suficiente para lanzar a los Holt directos al primer puesto en la caza de las pistas.

—¡Estoy entusiasmado! —exclamó Hamilton. Los dos, el padre y el hijo, golpearon sus cascos de escalada—. ¡Reagan! —gritó hacia su tienda. Encendió su linterna y la enfocó a través de la portezuela.

Su hermana Reagan, que era casi tan grande y musculosa como él, salió gateando hasta el collado mientras cerraba la cremallera de su anorak.

—¡Allá vamos! —los animó, quedándose sin palabras momentáneamente—. Ojalá la pobre Madison pudiera estar con nosotros esta noche.

—¡De eso nada! —la regañó Eisenhower—. ¡Tú estás contentísima porque a tu hermana le ha dado el mal de alturas y podrás restregárselo toda la vida!

—¡No está muerta! —se defendió Reagan—. Un par de días en una bolsa hiperbárica y estará como nueva.

—Ahórrate el aliento —le aconsejó Eisenhower—. Vas a necesitarlo. La cima de esta montaña se conoce como la Zona de la Muerte. A más de siete mil metros de altura, te mueres poco a poco... ¡célula a célula!

Así era como el padre de familia animaba a sus dos hijos. Los Holt adoraban vivir al límite. Y era imposible vivir más al límite que en aquel collado, donde, si uno se saltaba un paso, el siguiente estaba abajo, a más de un kilómetro en vertical.

—¡Oxígeno!

Los tres se pusieron sus máscaras sobre la nariz y la boca y se dirigieron hacia la empinada cumbre de la pirámide del Everest, clavando sus crampones sobre las baldías rocas.

La grandeza les esperaba en lo alto. La sensación térmica era inimaginable; la altura hacía que cada paso fuese un doloroso y sofocado esfuerzo. Pero Eisenhower Holt se movía como si estuviese bailando en un jardín de jacintos. La humillación de ser expulsado de la escuela militar había desaparecido. Y también el mito de que los Holt no eran lo suficientemente inteligentes como para mantenerse a la altura de su ilustre familia. Aquella misma noche, iban a alcanzar el cielo. Y nadie, Cahill o no, iba a poder interponerse entre ellos y la cumbre de aquella montaña.

Aún no habían alcanzado la ladera de la pirámide a la cima cuando otro equipo se cruzó con ellos, moviéndose rápidamente por el collado. Cuatro de los miembros eran sherpas: los fieles guías de escalada del Himalaya que vivían en el Valle de Khumbu, la región que rodea al Everest por la parte de Nepal. Acompañaban a una figura que parecía llevar un traje espacial.

¿Acompañaban? ¡Prácticamente la llevaban en brazos! Cuando la cuesta se empinó, ellos la agarraron por debajo de los brazos mientras seguían caminando. Su traje de alta tecnología estaba lleno de oxígeno y mantenía la presión atmosférica del nivel del mar. Sin él, cualquier persona que no estuviese aclimatada al aire puro del Everest habría muerto en cuestión de minutos.

El escalador espacial se volvió y saludó a los pasmados Holt. Su rostro era claramente visible a través del acrílico de su casco.

Ian Kabra.

El aeropuerto de Lhasa era diminuto en comparación con el de Pekín y no era precisamente de última generación. Era aún más pequeño que el de Chengdu, donde Amy y Nella habían pasado una noche miserable tratando de dormir en las filas de bancos, esperando a que se solucionase el papeleo de su viaje al Tíbet.

No había ninguna pasarela de acceso. Los pasajeros salieron de la nave a través de una escalera portátil que llevaba directamente al asfalto. Cuando llegaron al edificio de la terminal, Nella se había quedado sin aliento y jadeaba por el esfuerzo que había hecho cargando con su mochila y el trasportín de *Saladin*.

—Vaya, cuando se acabe la competición, tendré que volver a ir al gimnasio. ¡No estoy nada en forma!

—No tiene nada que ver con eso —explicó Amy, que también se había quedado sin respiración—. Es por la altitud. Lhasa está a unos tres mil quinientos metros sobre el nivel del mar. Aunque Tingri está aún más arriba. No es mortal como en el Everest, pero vamos a sentir el efecto.

Nella parecía preocupada.

—Entonces ¿no es posible que... ya sabes... nos pongamos muy enfermas?

—No creo que vayamos a estar aquí tanto tiempo como para que llegue a pasar algo así. La guía dice que beber mucha agua ayuda, ya que hay bastante riesgo de deshidratación.

—Haré todo lo que pueda —respondió Nella, agriamente—. Pero te deseo mucha suerte cuando le expliques todo esto a *Saladin*. Conociéndolo, seguro que esta situación lo pondrá al límite.

Su única parada fue una cabina telefónica. No había más

mensajes de Dan. Después, se dirigieron a la parada de taxis para preguntar sobre un viaje en coche que se apartaba de lo normal.

Tres horas antes, Amy creía que iba a ser difícil encontrar un medio de transporte que los llevase hasta la aldea de Tingri. Sin embargo, el aeropuerto estaba lleno de taxis que buscaban pasajeros. Cuando Nella ofreció trescientos dólares americanos por el viaje, se inició una guerra de precios entre los conductores que acabó reduciendo la tarifa a unos doscientos veinticinco.

Poco después ya estaban de camino en el coche del mejor postor, un joven hombre con una sonrisa perpetua que casi no hablaba su idioma. De acuerdo con el certificado de identificación del salpicadero, su nombre tenía treinta y una letras, aunque él se presentó como Chip.

—Tingri. No hay problema. Cerca de Chomolungma. Destino Everest. ¿Vais de escalada?

—¡Espero que no! —murmuró Nella fervorosamente. Se volvió hacia Amy—. Tendrás un plan, ¿no? ¿No estaremos yendo al Everest sólo para ver la cima donde se encuentra la pista y no poder acceder a ella, verdad?

—Es muy arriesgado —admitió Amy.

—Eso no es lo que yo quería oír —añadió la niñera.

—Una de las razones por las que el Everest es tan peligroso —continuó Amy— es porque la mayor parte de la montaña es demasiado alta como para que pueda alcanzarla un helicóptero de rescate. El aire es mucho menos denso y las aspas de la hélice no consiguen elevarlo. Sin embargo, en 2005, los franceses desarrollaron una nave ultraligera, la A-Star, que aterrizó durante unos minutos en la cima. Ese helicóptero está aparcado en un campo de aviación a las afueras de Tingri.

Nella la miró con una mezcla de admiración y asombro.

—¡Estás demasiado loca... incluso para ser una Cahill! ¿Quién va a pilotar esa cosa?

—Tú tienes licencia de piloto. Así que había pensado que, puestas a elegir entre nosotras dos, supongo que mejor que seas tú.

—¡Yo piloto aviones! —exclamó Nella—. ¡No helicópteros experimentales de Star Wars para subir al Everest!

—Sé que suena a locura —alegó Amy—, pero creo que estaba destinado a que fuese así. En 2005, cuando los franceses aterrizaron en la cima con ese helicóptero, para Grace supuso todo un acontecimiento. Aquel fin de semana nos llevó de paseo y nos pasamos todo el tiempo hablando del A-Star, leyendo información sobre él y viendo vídeos en Internet. Sabía que tal vez tendríamos que hacer esto algún día, y en lo referente a las treinta y nueve pistas, Grace nunca se equivocaba.

—Excepto en una ocasión —corrigió Nella en un tono grave—. Pensó que viviría lo suficiente como para que no tuvierais que enfrentaros a todo esto vosotros solos.

CAPÍTULO 22

El carro de yaks chirriaba por el sendero a las afueras de la aldea de Tingri en la prefectura de Xigaze. Contenía ramas para encender hogueras, estiércol seco de yak para quemarlo en ellas, y a Dan Cahill.

Se bajó del carro y entregó sus últimas monedas al conductor. Jadeaba tratando de respirar el poco oxígeno que había; tenía las piernas tan rígidas que apenas conseguían mantenerlo en pie y estaba sin blanca en medio de la nada.

¡Pero lo había conseguido! Después de un viaje en tren de treinta y cuatro horas, más otras cuatro en un autobús apestoso y veinte minutos en compañía de palos y caca de yak, había llegado a la pista de aterrizaje de la que le había hablado su abuela.

El hangar no era más que un viejo granero. Lo único que atestiguaba que aquel remoto campo era el hogar del Ecureuil/A-Star 350 era una bandera francesa que ondeaba como una manga catavientos. Allí se guardaba el helicóptero que había alcanzado la cima del mundo.

El Everest. El pico se elevaba frente a Dan a medida que se iba acercando al establo. Allí no parecía más que un simple monte en un horizonte titánico, pero en realidad era el más poderoso, el dueño y señor de todos. Cuando lo vio se quedó sin aliento... algo que era difícil de retomar a esa altura.

Echó un vistazo por la ventana del granero y sufrió un leve ataque de pánico. ¿Y si no estaba allí? Habría hecho un viaje horriblemente largo sólo para descubrir que el helicóptero había sido trasladado o algo así.

Pero no... Estaba justo allí. Tal y como se veía en las fotografías que Grace les había mostrado: futurista y disponible. La burbuja estaba abierta y alguien echaba un vistazo al cuadro de mandos.

«¿Por qué estará esto tan oscuro? ¿Por qué no encenderá las luces?»

Dan estaba a punto de llamar a la puerta cuando vio el candado aplastado colgando del picaporte.

«¡Ese tipo está robando mi ultraligero!»

Sin dudarlo ni un segundo, Dan entró rápidamente en el granero, agarró al intruso y tiró de él hasta hacerlo caer al suelo. Los dos se dieron un golpetazo contra el cemento. Un codo golpeó a Dan en la boca y notó el sabor de la sangre. Enfurecido, se volvió y presionó la cara de su oponente contra la palma de su mano. Se animó al ver que el intruso no era mucho más alto que él y que era más o menos igual de fuerte.

De repente, sintió un dolor en la mano y gritó conmocionado.

«¡Me ha mordido!»

Pelearon uno encima del otro, girando por el suelo, hasta que Dan se encontró con la cabeza contra una parrilla metálica y con los ojos clavados en...

—¿Saladin?

La fuerza de su oponente se desintegró.

—¿Amy?

—¡Increíble! —Nella soltó la palanca que iba a lanzar contra la cabeza de Dan.

Los dos Cahill se pusieron en pie. Ambos tenían los ojos entrecerrados, como si la imagen del otro fuese un espejismo. Entonces se acercaron el uno al otro y se dieron un eufórico abrazo de oso.

—¡Ya vale! —protestó Dan—. ¡Me estás ahogando! —exclamó, sin dejar de abrazarla con fuerza.

Amy había estado preocupada durante tanto tiempo que la repentina evaporación de la tensión la había dejado sin fuerza. Si se hubiese relajado, probablemente se habría desmoronado sobre el suelo.

—¡Pensé que te había perdido! ¡Igual que perdimos a papá y a mamá!

—¿Por qué no me buscasteis? —balbuceó Dan.

—¡Sí que lo hicimos! ¡No hemos descansado ni un minuto!

—¿Ah, sí? Y entonces ¿qué hacéis aquí?

—Pues, por lo que veo, ¡estamos justo en el lugar adecuado! —respondió Amy—. Porque has venido hasta aquí, ¿o no?

—¡Vi a los Holt en la televisión! —Dan se alejó de ella—. ¡Deja de gritarme! ¡Te he echado mucho de menos! ¡Pensé que nunca volvería a verte! —Examinó el hangar—. Como hayas perdido mi ordenador...

Amy encontró dificultades para recuperar la compostura.

—Estás más alto —respondió finalmente, con los ojos muy abiertos.

—No seas tonta. Sólo han pasado cinco días.

—Lo sé... —Había un temblor en su voz—. Pero han sido cinco días muy largos, Dan. Lo siento mucho... —Entonces las palabras del muchacho se filtraron en su mente—. ¡Un momento! ¿Los Holt estaban en la tele?

—¡Están escalando el Everest! —exclamó el joven—. O sea...
¡ahora mismo! No hay duda, ¡tiene que haber una pista allí
arriba!

Amy se volvió hacia el A-Star.

—Podemos llegar antes que ellos, ¿verdad, Nella?

—Estáis equivocados —dijo la niñera con tristeza—. Siento
deciros que yo no voy a ser capaz de pilotar esto ni de broma.
Se parece más a la cuna de un gato que a un avión. Moriría-
mos todos por mi culpa.

Amy y Dan se miraron, mutuamente angustiados. ¿Sería
que el destino los había llevado a aquella diminuta aldea a la
sombra del Everest sólo para frustrarlos?

En aquel momento, las luces se encendieron y una voz estri-
dente preguntó:

—*Que faites-vous ici?* ¿Qué estáis haciendo aquí?

Asombrados, los tres se volvieron hacia el recién llegado,
un hombre bajo y delgado de mediana edad que iba vestido
con un mono de piloto.

La timidez de Amy le había atado la lengua, pero no a Dan.

—Necesitamos subir al Everest —explicó.

El hombre soltó una carcajada.

—No presto ningún servicio turístico. Si lo que queréis son
fotos bonitas, venden postales en la aldea.

Amy encontró su voz.

—No, lo que quiere decir mi hermano es que tenemos que
llegar a la cima, ahora mismo.

Los ojos del hombre se entrecerraron.

—Ah, entonces sabéis qué puede hacer el A-Star. *Alors*, eso
es imposible. Abandonad esta propiedad inmediatamente.

—Le pagaremos —añadió Nella.

El hombre frunció el ceño.

—El A-Star es una pieza de tecnología única en el mundo. No se puede alquilar como una moto de agua durante una hora en la playa.

La desesperación de los Cahill se percibía a la legua. Hasta el momento, habían tenido éxito pensando con los pies en la tierra, improvisando y superando obstáculos. Pero el problema actual era distinto. Sólo había un modo de subir rápidamente al Everest: uno que evitaba los meses de entrenamiento, el aprovisionamiento, la aclimatación y la escalada. Aquel helicóptero que tenían ante sus narices. Las leyes de la ciencia y de la naturaleza no proporcionaban ningún plan B. Si el piloto se negaba a llevarlos, ¿qué podían hacer?

Nella señaló el teléfono vía satélite que había en una esquina del banco de trabajo.

—Déjeme llamar a mi jefe. Tal vez podamos llegar a un acuerdo.

Amy y Dan intercambiaron miradas de desconcierto. Según tenían entendido, la jefa de Nella era la tía Beatrice, una hermana de Grace que, técnicamente, era su tutora. La tía Beatrice era tan agarrada que ni siquiera pagaba la televisión por cable, así que era completamente imposible que quisiera financiarles un helicóptero al pináculo de la tierra.

El piloto estaba disgustado.

—¡Vosotros los americanos creéis que todo se puede comprar con vuestro dinero!

—Una llamada —insistió Nella.

La voz de la niñera desprendía una confianza y una autoridad que Amy y Dan no habían escuchado antes. La muchacha siempre les prestó una gran ayuda... en ocasiones incluso les salvó la vida. Pero en cuanto a las 39 pistas, su papel era secundario. Sin embargo, ahora había en su voz algo diferente.

—Escuche lo que mi jefe va a decirle —presionó la joven—. Le aseguro que no perderá el tiempo.

Él parecía ofendido, pero agarró el teléfono.

Nella pulsó los números y esperó a que se realizase la conexión por satélite.

—Disculpe que lo despierte, señor. Sé qué hora es.

Rápidamente, le describió la situación y después le pasó el aparato al hombre francés.

—Quiere hablar con usted.

Amy y Dan miraban atentamente cómo el piloto escuchaba la voz que estaba a miles de kilómetros de distancia. Abrió los ojos como platos; su rostro denotaba cada vez mayor asombro. No dijo ni una palabra; simplemente entregó el teléfono a Nella y anunció:

—¡Despegamos en diez minutos!

Mientras el hombre procedía a las preparaciones previas al vuelo, Amy se acercó tímidamente a la niñera.

—¿A quién has llamado?

Nella se encogió de hombros.

—A mi tío. Es una persona muy persuasiva.

—Pero ¿qué le ha dicho? ¿Le ha ofrecido un soborno?

—¿Cómo voy a saberlo? —respondió la joven—. Yo no estaba escuchando la conversación. —Los miró fijamente, como si los estuviera retando a que le hiciesen más preguntas.

Los Cahill sabían que no debían meter las narices en la vida de la persona que acababa de conseguirles un viaje al Everest. Aun así, Amy no pudo contenerse.

—¿Vas a contarnos de una vez por todas quién eres realmente?

Nella vaciló.

—Soy vuestra niñera.

—Cuidadora —corrigió Dan automáticamente.

Ella los rodeó con sus brazos.

—Y vuestra amiga —añadió. Aunque la extraña expresión de su rostro transmitía culpabilidad—. Más vale que os preparéis. Ésta es vuestra única oportunidad.

El piloto ayudó a los dos muchachos a ponerse sus anoraks y les proporcionó botas y guantes. En la cima del Everest podían alcanzarse temperaturas de tres dígitos bajo cero, y eso sin tener en cuenta la velocidad del viento, cuya media era de casi doscientos kilómetros por hora.

El aparato de respiración fue el siguiente paso: máscaras faciales conectadas a cilindros que se amarraban a sus espaldas a través de un arnés. El atuendo era extraño e incómodo. Dan no consiguió evitar la idea de que pudiera darle un suave pero interminable ataque de asma, y a Amy le ponía nerviosa el sonido de su propia respiración, que resonaba en sus oídos. Aun así, el equipo era absolutamente necesario. A 8.848 metros, el aire contenía sólo un tercio de la cantidad de oxígeno que se encuentra al nivel del mar. Sin el oxígeno suplementario, no aguantarían ni treinta segundos.

Finalmente, el piloto los pesó cuidadosamente con una báscula. En el aire increíblemente poco denso y en la baja presión, cada gramo es crítico. Un par de kilos extra pueden marcar la diferencia entre un aterrizaje limpio y quedarse varado en un lugar donde nadie podría sobrevivir demasiado tiempo.

Nella dio un paso adelante.

—Ahora yo.

—¿Es éste el famoso sentido del humor americano? —preguntó el francés incrédulo—. No podemos llevar ni un miligramo más. Si estos dos pueden subir juntos es sólo porque son niños y puedo llevarlos sin que nuestras vidas corran peligro.

—¡Yo soy la responsable de su seguridad! —protestó la niñera.

—En ese caso, eres una incompetente —respondió el piloto sin vacilaciones—. En el lugar al que nos dirigimos, la seguridad es una palabra que no tiene ningún significado. Entonces ¿qué? ¿Partimos o no?

—Partimos —añadió Amy, con la esperanza de sonar decisiva y no simplemente asustada—. Porque si no, estaremos entregando la pista a los Holt en bandeja de plata.

Abrieron las puertas del hangar. El A-Star estaba en el exterior, en la pista de aterrizaje sobre una plataforma rodante. Era tan ligero que el piloto podía moverlo él solo, principalmente porque su desconfianza no permitía que nadie más lo tocase. Los metales de baja densidad y los polímeros eran tan delicados que «los torpes niños podrían comprometer la integridad de la nave».

Los asientos ocupaban menos espacio que los cinturones de seguridad que los sujetaban. El helicóptero era lo más diminuto y hueco posible.

Nella se dirigió a los niños.

—Prometedme que no haréis ninguna locura.

Los Cahill no se atrevían a responder. Además, ya era demasiado tarde para ese tipo de promesas. Era imposible hacer una locura más grande que la que estaban a punto de hacer en ese momento.

Nella se separó y las aspas de las hélices comenzaron a girar, lentamente al principio, pero poco a poco a mayor velocidad. El A-Star se elevó sobre el altiplano tibetano.

Siguiente parada: el cenit del mundo, un pico irregular de roca y hielo que estaba a unos cinco kilómetros por encima de ellos.

CAPÍTULO 23

El Escalón de Hillary era un acantilado de más de quince metros, y la peor jugarreta que el monte Everest podía hacer a sus exhaustos, fatigados e hipodérmicos escaladores. A una altura más baja, habría supuesto un problema menor para un montañero experimentado, pero a casi nueve mil metros de altura... Bueno, justo sobre la cima del K2, el segundo pico más alto del mundo... Cada movimiento era una visita guiada por el mundo del dolor.

Los tres Holt, agotados, observaban consternados cómo el equipo sherpa de Ian Kabra arrastraba a su rival Lucian por el Escalón, literalmente cargando con él a medida que ascendían por el enredo de cuerdas fijas que habían quedado ahí después de tantas décadas de expediciones.

—¡Eso no es justo! —vociferó Hamilton. Lo que normalmente habría sido un grito de furia, esta vez apenas traspasó el plástico de su máscara de oxígeno.

—¡Tramposo Lucian! —exclamó Reagan, resollando.

La fuerza Tomas había permitido que los Holt se aclimatasen al ascenso del Himalaya en mucho menos tiempo del habitual. Aun así, todavía estaban a merced de los despiadados estragos del Everest. Los tres estaban exhaustos, congelados, deshidratados y faltos de oxígeno. Ian, sin embargo, iba cómodo y calentito en su traje espacial. Y gracias a sus sherpas porteadores, probablemente tampoco se sintiese demasiado cansado.

La mitad superior de la cresta de cumbres estaba cubierta por una nieve blanquecina fruto de las recientes ventiscas. Los Holt no sólo escalaban la montaña, sino que también nadaban en ella. Ahora Reagan sentía envidia de la cama de hospital de su hermana. Sabía que no podría llegar mucho más lejos.

Eisenhower soltó un grito de pura emoción que inició una pequeña avalancha en el Escalón. ¡No iban a perder contra los Kabra otra vez! Cuando hablaba, la concentración de un deportista de élite era inconfundible tras su aplastante fatiga.

—Niños, el resto de la familia no nos respeta demasiado. Aun así, somos parte de una gran tradición de quinientos años que desciende directamente de Thomas Cahill. Ham, quédate con tu hermana. ¡Yo voy a enseñarle al mundo qué podemos hacer los Tomas!

Echó a correr entre los ventisqueros, impulsado por su determinación y fuerza bruta. Alcanzó las cuerdas del Escalón Hillary trepando únicamente con dos manos y sin hacer pausas para descansar. Cualquier montañero habría afirmado que lo que estaba haciendo Eisenhower era completamente imposible.

Pero esa palabra no existía en el vocabulario Holt.

Una vez arriba, desapareció entre el vendaval de nieve, pero todos escucharon su potente voz:

—¡Que te den morcillas, Kabra!

—¡Lo ha adelantado! —exclamó Reagan, con la voz ronca.

Hamilton asintió lleno de orgullo y admiración. Había pasado la mayor parte de su vida pensando que su padre era un bobo. Sin embargo, allí mismo, en el monte Everest, Eisenhower era el tipo de bobo al que se querría tener en un equipo.

—¡Ahora nadie podrá alcanzar la cima antes que él!

El Ecureuil/A-Star 350 ascendía más y más alto, elevándose a alturas mucho mayores de las que habría alcanzado cualquier otro helicóptero del mundo.

Para Amy y Dan, que habían vivido ya bastantes experiencias aterradoras, aquél se trataba del horror supremo. El A-Star era tan diminuto e insustancial que se sentían completamente desprotegidos, como si hubiesen subido a la atracción de un parque temático demencial, pero a campo abierto y casi diez kilómetros sobre el nivel del mar.

Los brutales vientos del Himalaya zarandeaban la nave ultraligera, lanzándola de un lado a otro como si fuese una pelota de ping-pong en medio de un huracán. Amy y Dan se agarraron el uno al otro porque realmente no había ninguna otra cosa a la que agarrarse. Cuanto más se acercaban a la montaña, más se distinguía el Everest de entre sus vecinos: era el más alto y robusto y tenía un gran penacho blanco que descendía desde la cumbre.

—¡¿Es eso una nube?! —preguntó Dan, gritando para que las palabras saliesen de su aparato de respiración.

—¡La cima del Everest alcanza una corriente en chorro! —le respondió el piloto a pleno grito—. Lo que veis ahí son millones de cristales de hielo que salen despedidos de la cima. Ya os dije que esto no era un paseo turístico. Preparaos para las verdaderas turbulencias.

No exageraba. Cuanto más se acercaban a la cumbre, más feroces eran los bandazos que daba el A-Star.

—¡¿Cómo vamos a aterrizar?! —gritó Amy con una voz aguda llena de pánico—. ¡Chocaremos contra la montaña!

La parte superior del cuerpo del piloto tembló, como si los controles lo manipulasen a él y no al revés. A excepción de los temblores causados por el aire, ahora apenas se movían, sólo trataban de sobrevolar el pico. De repente, el mundo desapareció y atravesaron la corriente de hielo. Volaban a ciegas en el mismísimo borde de la atmósfera.

Un golpe y una caída repentinos hicieron gritar a los niños Cahill.

—¿Qué ha pasado? —gimió Dan.

—Queríais venir a la cima y aquí estamos —los informó el piloto, señalando el altímetro—: Ocho mil ochocientos cuarenta y ocho metros. La cifra más alta que ese aparato podría medir, al menos en la Tierra.

—¿Lo... lo hemos conseguido? —tartamudeó Amy. Pocos segundos antes tenía la certeza de que quedarían hechos añicos al chocar contra algo.

—*Vite!* ¡De prisa! —ordenó—. ¡Tenemos cinco minutos como máximo! ¡No puedo apagar el motor porque es posible que después no vuelva a encenderse! —Se oyó un *pop*, y se abrió la burbuja.

Amy y Dan perdieron unos segundos preciosos desabrochándose los cinturones y tratando de salir del A-Star. En ningún momento habían pensado que iban a llegar tan lejos, así que no tenían ningún plan sobre cómo proceder ahora.

La búsqueda de las 39 pistas los había llevado a lugares increíbles, aunque la cima del monte Everest se llevaba la palma. El frío era indescriptible y el viento, constante y violento. Tuvieron que alejarse del helicóptero para apartarse de las hélices giratorias. Incluso con el oxígeno extra que obtenían de las máscaras, el esfuerzo los dejó jadeando en búsqueda de un aire que, simplemente, no existía.

Aun así, nada podía alejar la mente de Amy de la magnificencia del lugar.

—¡Todo está más abajo! —exclamó, maravillada—. ¡No hay un «más arriba»! ¡Incluso las nubes están debajo de nosotros!

¡El pináculo del mundo! Investigara lo que investigase, nunca habría estado preparada para afrontar aquel lugar. Picos pantagruélicos se elevaban a su alrededor, pero su posición era la más elevada de todas, dominaba el vecindario más encumbrado del planeta. Lhotse, a unos ocho mil quinientos metros de altura, parecía estar muy por debajo de ellos. El cielo era de un profundo, increíble y artificial color azul cobalto. A esa altura, estaban en el borde de la troposfera terrestre, no muy lejos del inicio del espacio exterior.

A medida que las botas de Dan iban crujiendo contra el suelo del techo del mundo, miró por encima de su hombro al piloto y le gritó:

—¡Si nos deja aquí, el tipo del teléfono se enfadará muchísimo! —No tenía ni idea de quién podría ser el tipo en cuestión, aunque era obvio que no se trataba del tío de Nella. Sin embargo, no tenía ninguna duda del poder y la influencia de aquella persona.

—¡¿Puedes creerte que estemos aquí?! —gritó Amy tratando de ser oída a pesar del viento.

—¡Increíble! —Dan apartó la mirada de las vistas y se concentró en el terreno de la cima. Lo que vio lo puso de los nervios.

—¡Eh, esto es un vertedero de basura!

Un montón de coloridas banderas de oración budistas volaban con el vendaval. También había docenas de banderas nacionales. Cilindros de oxígeno vacíos se extendían por todas partes. Enterrado en la nieve, había una extraña colección de objetos y baratijas, desde fotos familiares enmarcadas hasta piezas de joyería o incluso juguetes.

Dan estaba asombrado.

—¿Quién habrá traído toda esta porquería aquí arriba?

—Son recordatorios —explicó Amy casi sin aliento—. Todos los escaladores quieren dejar algo en la cima. La cuestión es: ¿qué dejó Mallory?

Dan recogió un medallón y lo abrió para revelar una fotografía borrosa de un bebé gordo.

—¿Cómo sabremos cuál de estas porquerías es la pista? ¡Sólo tenemos cinco minutos, Amy! ¡Y probablemente ahora sólo nos queden cuatro!

Amy pensó detenidamente.

—Mallory fue el primero en llegar, así que lo que trajo él tiene que estar debajo de todo. Vamos a cavar.

Comenzaron a escarbar en la nieve, echando a un lado los cientos de objetos variados que la gente había ido dejando. Más abajo, la nieve estaba más dura, así que Amy cogió un enorme marco de fotos para utilizarlo como pala mientras Dan usaba una botella vacía de oxígeno como martillo. Afortunadamente, no se había formado demasiado hielo gracias a la corriente de aire, que secaba la humedad.

A esa altura, cada simple movimiento era como una competición de triatlón. En pocos segundos, los dos niños tosían y respiraban con dificultad. El cuerpo humano no estaba diseñado para sobrevivir en aquellas condiciones, y mucho menos realizando un trabajo tan duro. Amy pudo sentir cómo su visión se volvía borrosa y su cerebro pedía oxígeno a gritos. Se mordió con fuerza un lado de la boca para mantenerse alerta y concentrada. En el Everest, el agotamiento mental podía ser tan mortal como el físico.

—Si cavamos mucho más —dijo Dan, entre jadeos—, ¡el K-2 pasará a ser la montaña más alta del mundo!

—No creo que tengamos que preocuparnos por eso —respondió Amy—. Mira... Aquí ya hay muchas menos cosas enterradas. Estamos llegando a las capas de las primeras expediciones al Everest.

—¡Dos minutos! —gritó el piloto desde el ultraligero.

A pesar de lo cansados que estaban, se apresuraron aún más. Dan golpeaba con fuerza con el cilindro y Amy tamizaba la nieve con sus dedos congelados, apartando amuletos y medallas de san Cristóbal. Había sido muy difícil llegar hasta allí, así que el hecho de que se les pudiese acabar el tiempo antes de encontrar la pista era impensable.

—¡Para! —gritó ella de repente.

Dan se detuvo de golpe. Tenía el cilindro suspendido en el aire a pocos centímetros de un frasco de cristal semienterrado.

Con cuidado, Amy retiró la nieve que lo rodeaba y la sacó. Era un contenedor de cristal grueso, tapado a presión con un corcho y con el contenido congelado.

En una superficie plana había un sello chino que Amy reconoció al instante. Se desabrochó el abrigo, metió una mano debajo de su camiseta y sacó la pieza de seda doblada que habían encontrado en la Ciudad Prohibida. El viento casi se la arranca de las manos, pero ella la tenía agarrada con fuerza. Juntos, ella y Dan se las arreglaron para mantenerla abierta.

—¡Es el sello de Puyi, el último emperador! —gritó en la ventisca—. Coincide perfectamente, ¿ves? ¡Puyi entregó esto a Mallory para que lo escondiese!

—Pero ¿qué hay en la botella? —preguntó Dan.

—¿Recuerdas aquel vial de París? ¿El que nos robaron los Kabra? Creo que esto debe de ser algo parecido. —Dio la vuelta al frasco. En el otro lado, se encontraba el símbolo de un lobo de pie: el blasón Janus.

La emoción del descubrimiento hacía que las orejas le latieran con tanta fuerza que ya no podía oír el vendaval huracanado.

—¡Ya lo entiendo, Dan! —exclamó, señalando las imágenes del pañuelo de seda: la «ecuación» hecha con los símbolos de la familia—. Esto no significaba que la familia fuera igual a la suma de sus ramas. ¡Fíjate en las formas que rodean estos escudos! ¡Son viales! ¡Iguales a éste y al de París! Hay cuatro fórmulas químicas: una para cada rama. Cuando las mezclas todas, ¡forman una especie de suero principal! ¡Eso mismo son las 39 pistas: los ingredientes para ese suero!

—¡Un minuto! —añadió el piloto.

Ni siquiera el hecho de que se estuviese acabando el tiempo pudo distraerlos de lo que acababan de descubrir: la verdad sobre las 39 pistas estaba saliendo a la luz.

—¡Piensa en las ramas de la familia y en lo que se les da bien! —prosiguió Amy—. Los Lucian son maestros de la estrategia y el espionaje; los Janus son creativos y dramáticos; los Tomas son atléticos y fuertes; y los Ekat inventan cosas. Esos rasgos han ido pasando de generación en generación, así que el efecto químico probablemente haya pasado a formar parte de su ADN. Con el suero principal, serías bueno en todas esas cosas... ¡Serías invencible!

Hubo un intercambio silencioso entre los dos hermanos. Una fórmula tan poderosa en las manos equivocadas...

—¡Treinta segundos! —El piloto estaba prácticamente histérico—. Si tenéis intención de volver conmigo, ¡éste es el momento!

Dan ayudó a su hermana a guardar el ondeante pañuelo de seda en el interior de su anorak y echó a correr. Amy estuvo a punto de seguirle, cuando el reflejo del sol en la nieve hizo brillar una inscripción más en la botella, una inscripción mucho más pequeña que las otras. La levantó a la altura de sus gafas de protección y miró con los ojos entrecerrados la parte inferior del frasco.

El mensaje estaba inscrito a mano en el cristal, probablemente con una navaja, o quizá con un piolet. Decía:

GM: George Mallory. Generaciones de aventureros se habían inspirado en sus palabras legendarias: que escalaba el Everest «porque está ahí». ¡Aunque, en realidad, él no se refería al pico, sino al suero Janus! Y claro, al único lugar de la Tierra donde estaría a salvo. La energía de la muchacha ya se había consumido, absorbida por la altura y por la hercúlea hazaña de excavar a casi nueve mil metros de altitud. Con sus temblorosas manos, agarró el frasco, prueba final de la colaboración entre los dos Cahill que habían estado separados por miles de kilómetros. Los conspiradores no habrían podido ser más diferentes entre sí: el primero, un emperador, el último de una dinastía gloriosa con siglos de antigüedad; el otro, un simple maestro de escuela británico que escalaba montañas como pasatiempo. ¿Qué los había unido? Nada más y nada menos que las 39 pistas.

—¡Diez segundos!

—¡Vamos, Amy! —Dan la agarró del brazo, despertándola de su ensoñación. Los dos corrieron por la nieve y, agachados para protegerse de las hélices del rotor, se introdujeron en la burbuja, que ya estaba abierta.

—¡Vamos! ¡Vamos! ¡Vamos! —exclamó la joven.

El piloto comenzó a manejar los controles, pero se oyó un ruido metálico. El A-Star opuso resistencia por un instante; el rotor tenía dificultades para encontrar algo de aire que lo ayudase a despegar del pico más alto del mundo.

—¡No puedo creer que lo hayamos conseguido! —añadió la muchacha, aliviada.

Entonces, una enorme mano enguantada agarró con fuerza el patín izquierdo del helicóptero.

CAPÍTULO 24

El ascenso se detuvo en seco y el helicóptero comenzó a sacudirse violentamente.

—¿Tenemos problemas de funcionamiento?

Gritando por el esfuerzo, Eisenhower Holt tiró con todas sus fuerzas de la nave para impedir que se marchasen.

—¡No es un fallo del aparato, es un Holt! —gritó Dan—. ¡Sigue adelante! ¡Tendrá que soltarnos!

—¡Pesa demasiado para esta altura! —insistió el piloto—. ¡Está haciéndonos malgastar el combustible! ¡Tenemos que salir de aquí ahora o no conseguiremos regresar a casa!

Agarrando la nave con una mano, Eisenhower clavó el picahielos en la junta entre el ultraligero y su burbuja. Después, haciendo palanca, empujó con todas las fuerzas que le quedaban hasta que el acrílico se abrió. Un segundo después, asomó su enorme cabeza quemada por el frío al interior y clavó sus ojos desorbitados directamente sobre los dos hermanos.

—¡La pista! —rugió. Amy, sentada en su asiento, estaba petrificada por el miedo cuando su primo Holt le arrancó el frasco de entre las manos. El atacante soltó el helicóptero y se alejó.

Tres pasos más allá del ultraligero, cuatro sherpas aparecieron tras la corriente de aire y lo sujetaron con fuerza, dos de ellos por cada brazo. Una quinta figura, Ian Kabra, embutido en su traje espacial, se tambaleaba contra el viento en dirección a Eisenhower y le arrancó la botella del guante.

Lo que pasó después permanecerá grabado en la memoria de todos. Una ráfaga de viento se apoderó del A-Star y lo lanzó por el aire. Dan dio un vuelco en su asiento y se golpeó la cabeza con la burbuja de acrílico. Amy salió volando del aparato y aterrizó sobre la nieve. La cola del helicóptero osciló de un lado a otro sobre el pináculo del mundo, golpeando a Ian en la espalda y arrojándolo por el borde del precipicio. El joven se sacudió tratando de encontrar algo a lo que agarrarse. Enterró los brazos del traje espacial en una cornisa helada de la ladera. Entre gritos de horror, se aferró al borde, colgando sobre la enorme cara Kangshung y enfrentándose a una caída de tres mil quinientos metros de altura.

Amy trató de agarrarlo de la mano y, en lugar de encontrarse con Ian, se topó con el frasco del suero Janus.

Su primer pensamiento fue alegre: «¡Lo he recuperado!».

Entonces observó el interior del casco del traje espacial y vio el rostro del adolescente aterrorizado que había en el interior.

De repente, el saliente de nieve compacta que sostenía a Ian se deshizo bajo su cuerpo.

No había nada debajo de él en más de tres kilómetros.

CAPÍTULO 25

La decisión de Amy fue instantánea. Soltó el suero Janus y agarró el brazo de Ian con las dos manos. El frasco se precipitó al vacío y desapareció en la distancia mucho antes de llegar a romperse allá abajo. Los sherpas se unieron a ella, e Ian volvió a encontrarse sobre la tierra firme de la cima.

Amy se había quedado sin aliento. Cuando echó a correr hacia el ultraligero ya sabía que era demasiado tarde. No le quedaba oxígeno, tenía los pulmones vacíos y comenzaba a desmoronarse. Los copos de nieve se balanceaban sobre ella antes de aterrizar sobre su ropa...

Dan agarró con fuerza los brazos de su hermana y tiró de ella hasta meterla en el A-Star. Una vez a bordo, se derrumbó en su asiento, el piloto tiró de una palanca y la burbuja se cerró. Entre sacudidas, la pequeña embarcación abandonó el Everest.

—¡El suero! —exclamó Dan ansioso.

Amy movió la cabeza, dándose cuenta de lo que había sucedido.

—Está hecho añicos. —Miró a su hermano tratando de disculparse—. No podía dejarlo morir.

En cuanto salieron esas palabras de su boca, se percató de la importancia de lo que acababa de hacer.

—¡Dan, he podido elegir! ¡Y he decidido salvar a Ian Kabra!

—No me lo recuerdes —protestó Dan, apretando los dientes—. La próxima vez que Ian y Natalie me metan en una máquina de piruletas, sabré a quién debo agradecérselo.

—¿No lo entiendes? —insistió Amy—. ¡Si los Madrigal fueran tan malos como dice todo el mundo, habría recuperado el frasco en lugar de salvar a Ian! Sin embargo, hice lo más humano. —Miró a su hermano seriamente—. Que seamos Madrigal no significa necesariamente que seamos malvados. Los Madrigal son horribles... pero nosotros podemos cambiar nuestro destino.

—¿Qué me dices de papá y mamá? —preguntó Dan.

—No lo sé... —Si Amy había aprendido algo de la caza de pistas y sus tantas decepciones, era a valorar la verdad por encima de todo. Habría dado cualquier cosa por creer que sus padres eran buenas personas. Pero sus ojos se encontraron con los de Dan y el nombre apareció entre los dos como si lo proyectase un láser: «Nudelman».

—Yo tampoco habría dejado morir a Ian —admitió tras una pausa solemne—. Aun así, odio que hayamos perdido el suero. Especialmente porque hemos pasado todo este calvario para no conseguir ninguna pista.

Amy sonrió de oreja a oreja.

—Sí que la hemos conseguido, y la teníamos ya en la Ciudad Prohibida —le dijo—. Lo que pasa es que no lo habíamos entendido hasta ahora. Alistair tradujo el poema de Puyi:

Aquello que buscas
lo tienes en la mano.
Se fija eternamente al nacer,
donde la tierra toca el cielo.

—Yo entiendo la parte en la que dice «donde la tierra toca el cielo» —respondió Dan—. Pero ¿cómo puedes tenerlo en la mano? Lo único que puedes sujetar es la tela donde está el poema.

—Que es de seda —añadió Amy, con los ojos iluminados—. La seda la fabrican los gusanos de seda, que en realidad son...

—Las orugas de la *Bombyx mori* —interrumpió Dan, recordando aquel aperitivo que había probado en el Templo Shaolin—. Saben a pollo.

Ella lo miró extrañada y prosiguió:

—Segregan una sustancia líquida que se solidifica en un filamento sólido en contacto con el aire. Pero el ingrediente «se fija eternamente al nacer». En otras palabras, es la seda en su forma líquida: la secreción cruda del gusano de seda.

Dan sacudió la cabeza, asombrado.

—¿Y Puyi no tenía un congelador e hizo que Mallory se la subiese al monte Everest? ¡Pues vaya!

Amy asintió.

—¿Te imaginas qué le pasaría a Mallory por la cabeza cuando llevó ese frasco a la cima hace ochenta y seis años? Acababa de conquistar el Everest... veintinueve años antes que sir Edmund Hillary en 1953. —Hizo una pausa, arrepentida—. Seguro que ni se imaginaba que iba a morir en el descenso. Aún está en la montaña, ¿sabes? Su cuerpo debe de estar completamente congelado, así que siempre seguirá ahí.

—Genial —respondió Dan—. O sea, no la parte de que está muerto, sino el hecho de que el sitio donde logró su gran triunfo se haya convertido en su lugar de descanso final. Tiene sentido.

Amy lo miró con desaprobación.

—Había olvidado lo extraño que eras.

La voz del piloto interrumpió la conversación.

—Dado que ninguno de vosotros dos, héroes americanos, se ha molestado en preguntar si tenemos suficiente combustible para aterrizar, os informo de que la respuesta es afirmativa. Pero a duras penas.

—¡Eso sí que son buenas noticias! —exclamó Amy avergonzada—. Muchas gracias por el... eh... viaje.

—*De rien, mademoiselle.* Tenéis amigos muy persuasivos. Por lo menos esa acompañante vuestra del pendiente en la nariz, ella sí lo es.

—Es cierto, ¿qué pasa con eso? —murmuró Dan—. ¿Cuántas cuidadoras conoces que con una simple llamada telefónica te consigan un billete a la cima del Everest en un helicóptero experimental?

—Está claro que es algo más que una simple niñera —concordó Amy—. Deberías haberla visto en la Gran Muralla. Abrió un candado como una verdadera profesional. —Su expresión se suavizó—. Al menos, sea lo que sea, está de nuestra parte, o eso creo.

Miraron hacia atrás al Everest, silencioso y severo en su poderosa majestuosidad.

—¿Alguna vez habías soñado con estar ahí arriba? —preguntó Amy, con un tono de voz muy relajado.

—Claro —respondió Dan entusiasmado—. Todo el tiempo. Algún día lo escalaré.

Su hermana hizo una mueca.

—Acuérdate de mandarme una postal.

Habían descendido lo suficiente como para distinguir la aldea de Tingri. Una pequeña colección de antiguos edificios en el vasto altiplano tibetano. Un par de kilómetros más allá del pueblo, la pista de aterrizaje comenzó a divisarse y, de pie en el exterior, Nella examinaba el cielo con una mano en la frente haciéndole visera sobre los ojos. No lejos de ella, había un diminuto punto gris: *Saladin*.

La familia los esperaba para darles la bienvenida de vuelta a casa. Para dos huérfanos, aquello era algo que no se compraba con dinero.

CAPÍTULO 26

En el aparcamiento subterráneo del hotel Bell Tower en Xian, China, Jonah Wizard salía de su limusina justo a tiempo para ver a dos trabajadores uniformados que subían una figura de un guerrero de terracota de un metro ochenta en un camión.

—¿Eh, dónde habéis...?

Apenas había comenzado a hablar cuando vio un segundo guerrero que, esta vez, estaba siendo transportado bajo la supervisión de Cora Wizard.

—Mamá... ¿de dónde ha salido todo esto?

—Somos Janus —explicó ella—. ¿Realmente crees que no somos capaces de moldear rápidamente unas cuantas estatuas para sustituir las que rompiste? ¡Tengan cuidado con eso! —gritó al ver que uno de los portadores golpeaba de refilón un pilar—. ¡Se supone que ha de parecer que tiene dos mil años, no dos millones!

Se volvió de nuevo hacia su hijo.

—He estado pensando en tu solicitud de ser relevado de tus responsabilidades en la caza de pistas.

—¿Y? —preguntó, ansioso.

Como respuesta, levantó la mano y le abofeteó en plena cara con la suficiente fuerza como para tirarlo al suelo.

El muchacho se levantó con dificultad.

—¿Qué pasa contigo, tía?

—Yo no soy ninguna «tía» —lo regañó Cora Wizard con los dientes apretados—. Soy la líder de la rama, que es mucho más grande que tú o yo, o Mozart o la propia Jane Cahill. El futuro de los nuestros, desde Spielberg hasta el más humilde malabarista de uniciclo, depende de las 39 pistas, y no permitiré que mi hijo ni ninguna otra persona prive a los Janus de competir por este premio. Especialmente ahora que los Madrigal están metidos en el ajo.

—¿Estás segura de eso? —desafió Jonah—. ¿Y si ese niño trataba de colarnos un farol?

—Debería haberme dado cuenta hace años —se reprendió a sí misma—. Ahora entiendo por qué Grace y su tan perfecta hija decidieron no aliarse nunca con ninguna de las ramas. Todos pensábamos que era parte de su arrogante rutina... siempre por encima del jaleo y el caos, sin llegar a mancharse las manos jamás. Ahora resulta que estaban en el nivel más bajo.

—Yo no he nacido para la caza, mamá —alegó Jonah—. No se me da bien.

—Eres un Janus —dijo su madre, con firmeza—. Estás más preparado que los trogloditas Lucian, Tomas y Ekat puestos juntos. Durante siglos, hemos desempeñado un papel secundario ante esos carniceros Lucian, cuando nuestras cualidades son mil veces mejores que las suyas. ¿Y quieres saber la razón?

Él la miraba, totalmente avergonzado.

—La razón es que los Lucian no se detienen ante nada para alcanzar sus objetivos. Mienten, hacen trampas, roban... —Sus ojos se encontraron con los de su hijo—. Y matan.

Jonah Wizard se había pasado la vida al servicio de la rama

Janus. Según sus instrucciones, se había convertido en un rapero, una estrella de la televisión y un magnate internacional. No tenía dudas sobre qué se esperaba de él.

Con la temporada de otoño de escalada llegando a su fin, Tingri no era un lugar demasiado turístico, así que tenían toda la pensión para ellos solos. Amy, Dan y Nella estaban sentados alrededor del fuego de la cocina, completamente exhaustos, pero demasiado emocionados como para dormirse. *Saladin* no tenía problemas de ese tipo, estaba enroscado junto a la chimenea, de donde no se había movido durante horas.

—Esto es estupendo —murmuró Nella, satisfecha—. El calor del hogar, el frío, el aire seco. Alguien debería abrir un centro vacacional en Tingri. Incluso el humo huele más fuerte, como a tierra. Tal vez sea por la altura.

Dan se rió a desgana.

—Tal vez sea la caca de yak. Eso es lo que utilizan para encender la chimenea por aquí.

—¿Y para cocinar también? —preguntó Amy, confusa. Empujó a un lado su taza de té aromático.

Habían pasado la tarde contándose sus aventuras por separado a lo largo y ancho de China, maravillados por los muy diferentes senderos que los habían acabado reuniendo a los pies del Everest casi al mismo tiempo.

Dan rió a carcajadas con la descripción de Amy sobre cómo *Saladin* se había caído de la Gran Muralla, y Amy reaccionó de la misma manera cuando su hermano trató de convencerla de que el primo Jonah no estaba tan mal, después de todo.

—En serio —insistió él—, hay que compadecerse ante alguien que trata de vivir bajo la sombra de gente como Mozart y Rembrandt. ¡Y esa madre! Ni aunque vendiera un trillón de cedés eso sería suficiente para ella. Es como un cruce entre la tía Beatrice y Medusa. Casi le da un pasmo cuando le conté que era un Madrigal.

A Amy se le cortó la respiración.

—¿Le has contado eso?

—No pude evitarlo. Estaba demasiado enfadado.

Ella asintió.

—Te entiendo, pero ya sabes qué piensan los Cahill de los Madrigal. Ahora vamos a ser el objetivo de los otros equipos mucho más que antes. No tenemos ni idea de dónde comenzar a buscar la siguiente pista. ¿Y cuál de nuestros queridos primos estará dispuesto a intercambiar información con nosotros? Nadie querrá una alianza con un Madrigal.

Dan parecía alicaído. Entonces, de repente, se levantó de un salto.

—¡Espera un momento! Tal vez no estemos tan perdidos. ¿Recuerdas el Buda Barbudo de la casa de Grace? Bueno, pues el original está en el monte Song. En una cueva que había tras él, encontré unas antiguas piezas de laboratorio completamente quemadas. ¿El laboratorio de Gideon Cahill no se había destruido en un incendio?

Amy asintió, intrigada.

—¿Dónde está todo eso ahora?

—Eran demasiadas cosas como para llevarlas conmigo, así que las escondí en otro sitio. Aunque había una cosa que no podía dejar atrás. —Metió la mano en el bolsillo de sus vaqueros y sacó la miniatura pintada del marco de oro.

Amy estaba petrificada.

—¿Un cuadro de mamá?

—Míralo más de cerca, la ropa y el pelo. No es mamá. Es antigua. Tal vez tenga cientos de años.

Amy cogió la miniatura y la miró detenidamente.

—Entonces es una antepasada.

—Una antepasada Cahill —corrigió Dan—. Y donde están los Cahill...

—Normalmente también están las 39 pistas. —Con cuidado, la muchacha sacó la imagen del marco. El retrato no tenía ninguna marca o firma. Pero en el lateral del marco había unas letras grabadas: «Propiedad de Anne Bonny».

—¡Anne Bonny! —repitió Amy—. Era una pirata del Caribe... ¡La mujer pirata más famosa de todos los tiempos! ¿También ella era una Cahill?

—Sólo se me ocurre un modo de averiguarlo —respondió Dan—. Parece que nos vamos al Caribe.

Nella, que estaba medio dormida, se incorporó de un salto en su asiento.

—¿Alguien ha mencionado el Caribe?

—Puede que la próxima pista esté allí —confirmó Amy.

—¡Esto empieza a gustarme! —exclamó la joven—. Crema solar factor treinta y cinco, biquinis y playa, bebidas servidas en un coco... ¡Contad conmigo!

En el exterior de la casa de huéspedes, la enigmática mole del Everest se elevaba sobre ellos, ocultando ahora un secreto menos.

¿Quieres ser el primero en encontrar las 39 pistas?

Únete a la aventura y síguela en
www.the39clues.es

Cada uno de los 10 libros de esta colección te desvelará una de las pistas, pero si quieres ser el primero en descubrirlas TODAS y descubrir el secreto de la familia Cahill, ¡deberás resolver las misiones que te proponemos en la página web www.the39clues.es!

Regístrate y entra en el apartado MISIONES. Deberás descifrar enigmas, resolver pruebas y superar divertidísimos juegos.

¡Sólo así conseguirás reunir las 39 pistas!

No te olvides de consultar la página web porque irás encontrando nuevas misiones...

¿Aceptas el desafío?

¡Tú también participas!

Leer es sólo el principio...

Con cada misión que superes y con cada pista que consigas... ¡ganarás puntos!
Acumula todos los puntos que puedas porque podrás ganar premios increíbles y **¡descifrar el gran misterio!**

¿Quieres jugar tú solo o prefieres invitar a tus amigos?

Puedes participar en dos competiciones a la vez: INDIVIDUAL o POR EQUIPOS.
Te damos la oportunidad de resolver tú solo las pistas o crear un equipo del que ¡tú serás el CAPITÁN! Si jugáis juntos, sumaréis los puntos de todos.

Los jugadores individuales y los equipos con mejores puntuaciones...
¡ganarán fantásticos premios!

No te pierdas ningún título de la serie: